やがて飛び立つ その日には

石野晶

JN031717

双葉文庫

目次

第一章　ヒバリは空に恋をする　7
第二章　トライアングル　26
第三章　巣立ちの時　62
第四章　空に吸はれし　78
第五章　オシラサマ　107
第六章　ホタルの里　140
第七章　ナノハナとダイヤモンド　168
第八章　ウエディングドレス　192
第九章　佳《よ》き日に　209
第十章　祈る虫　222
第十一章　愛しき日々　257

やがて飛び立つその日には

第一章　ヒバリは空に恋をする

ガイガイという水鳥は、つがいになるとどちらかが死ぬまで一緒に過ごします。

そして大抵は、メスのほうが先に死んでしまいます。

なぜなら、ガイガイのメスは、卵を作り産むことで、体の力を使い果たしてしまうからです。

あるところに、一組のガイガイのつがいがおりました。

ガイガイのオスは、頭から首の辺りまでが茶色で、羽はクリーム色をしています。

メスの方はというと、全身が真っ白で、まるで雪を固めて作ったようであります。

二羽の鳥が一緒にいるところを見ても、同じ種類の鳥だとわかる人はあまりいないでしょう。

そのガイガイのつがいは、とても仲良しでした。お互いのことが大好きで、いつまでも一緒にいたいと思っていました。

だから二羽とも、卵を産むのは来年にしよう、来年にしようと思いながら、何年も一緒に過ごしてきました。

ある年、またガイガイの産卵期がやってきました。

仲間達が巣の中で卵を産むのを見ながら、メスのガイガイは考えました。

『私も来年まで生きていられるかどうかわからない。卵を産むなら、今しかないのかもしれない』

オスに相談すると、オスは首を振りました。

「だって、卵を産んだら、君が死んでしまうじゃないか。僕は子供より、君にそばにいてほしい」

メスもできるならそうしたいと思いましたが、それでもいっしょうけんめい首を振りました。

「私もあなたも、いつか死んでしまうわ。そうしたら、私達の生きた証は何にも残らなくなってしまう。私ね、思うの。卵を産むっていうのは、私達のかけらを残していくことだって。私達が死んでも、子供達がいてくれれば、命は続いていくのよ」


二羽は卵を産むことに決めました。

メスはいつもよりたくさんの餌を食べ、体を太らせました。

オスは柔らかい枯草を見つけてきて、立派な巣を作りました。

メスは巣の中に、子供達へのプレゼントを用意しました。

ひな鳥の好きな赤い草の実。ひな鳥が遊べるように、木の枝をくちばしで丸く編んだもの。

そしてメスは巣の中に、三つの卵を産みました。メスの羽のように真っ白な卵でした。

卵を産んだメスは体の力を使い果たして、もう餌を食べることもできませんでしたが、それでも残った力を振りしぼって、卵を温めました。

オスは、食べられなくなったメスの前に、せっせと餌を運び続けました。卵を温めるのを代わろうとしましたが、メスは動きませんでした。メスの羽は、どんどん抜けていきました。その羽がふとんのように卵を包みこんでいき、ある朝、メスは卵を温めながら天国へ旅立ちました。

オスは泣きながらメスの体をどけて、卵を温めました。

そして卵から、元気なヒナが孵《かえ》りました。茶色いヒナが二羽。メスと同じ真っ白な羽のヒナが一羽です。

ヒナ達は元気に草の実を食べ、枝のボールで遊びました。その周りではいつも、メスの残した白い羽が、ヒナ達を包んでいました。

そしてオスはヒナ達に、毎日語りかけました。お母さんが、どれだけヒナ達を愛していたか。お母さんがどんな鳥だったか。

ヒナたちが巣立つころに、オスもメスの待つ空の高い場所へと旅立ちました。


これは、私が小さなころに、お父さんが画用紙に手書きして作ってくれた絵本のストーリーだ。

このお話には、お父さんの笑っちゃうほど下手くそな絵が添えられていて、今でも読み返すと絵の下手さに笑ってしまう。

私が生まれ育った里は、冬になると雪に包まれる。

まだ暖かい冬の始めに降る雪は、ガイガイの羽のような綿雪だ。

ガイガイというのは、父が作り上げた架空の鳥で、実在はしないのだけど、綿雪を見るたびに私は、ガイガイの羽みたいと思ったものだった。

十二月の風のない日に、羽毛のようにふわふわと空から舞い降りた綿雪は、そのまま山を包み、家の屋根を包み、やがて地面を包み、里全体を真綿のようにくるんでいく。

だから、冬の始めに降る雪は、私にとって温もりに満ちたものだった。

冬の間、私達をくるみこんでくれるもの。

ガイガイの羽と同じ、愛情に満ちたもの。

お母さんの手。

私のお母さんは、私を産んだ時に亡くなってしまった。

だけどお母さんの存在は、家の中のあらゆる場所に感じられた。小さなころにいつも抱きしめていたウサギのぬいぐるみは、お母さんが手作りしてくれたものだったし、私の宝物であるお母さんのスマホの中には、お母さんが生前吹きこんでくれた童謡がたくさん詰まっている。

物心ついたころから、お父さんがガイガイの絵本を読み聞かせてくれたおかげか、お母さんの死についても疑問に思うことはなかった。

母親というのは、命がけで子供を産むもので、私という命を繋いで、お母さんは死んでしまったんだ。

その考えが、私のせいで……と、自分を責める方向に向かわなかったのは、我ながらポジティブな思考回路だったと思う。

お父さんは、お母さんの話をたくさんしてくれた。花が大好きだったこと。大学でどんな研究をしていたのか。よく作ってくれた料理のこと。妊娠中の話。

お母さんの声と写真と、お父さんの語る話の中の姿。それが、私にとってのお母さんだった。

ひばりという自分の名前を、小さなころはどうにも好きになれなかった。

何せ、昭和を代表する歌姫と言われる、あの大物歌手と同じ名前なのだ。里でお祭りやらカラオケ大会やらがあると、みんなが私を歌わせようとした。

でも残念ながら、私はお世辞にも歌がうまい子ではなかったし、そもそも人前で歌うのが嫌いだった。

私に名前をつけてくれたのは、お母さんなのだという。もうこの世にいない人に文句を言うわけにもいかず、もんもんとしていた小学生のころのことだった。

春の始め。ようやく雪が解けて、その水が川を流れていき、光と水の気配が里を包むようになるころ。田んぼのあぜ道の枯草が乾いてきて、干し草のいい匂いがしてくると、その下では草の芽が伸び始めている。

使われなくなった田んぼの空き地が、私達の遊び場だった。和志《かずし》はご近所の一つ年上の幼なじみで、物心ついた時からの遊び相手だ。それにもう一人、里に住む同い年の女の子の絵美《えみ》ちゃん。

里に住む子供は少ないから、自然といつも年の近いその三人で遊んでいた。その空き地には壊れかけた農具用の小屋があって、大人が何も言わないのをいいことに、そこを私達の秘密基地にしてしまっていた。

「ヒバリだ」

唐突に和志がそうつぶやいた。だけど私のほうを見ているわけではなく、田んぼの向こうへ目をやっている。

「私なら、ここだけど？」

「ちがうよ。鳥のほうのヒバリ」

その直後、美しいさえずりが響き渡った。ピュルピュル、ピーチチチ……。まるで見たこともない不思議な楽器が演奏されているような声だった。

和志が顔を向けている方へ目をやると、一羽の鳥が空へ駆け上がっていくところだった。見えない梯子《はしご》を昇るように、羽ばたきながらゆっくりと舞い上がっていき、高い場所でホバリングしている。

「恋の季節だな」

和志の言葉に、私と絵美ちゃんは首をかしげた。

「知らねーのかよ。ヒバリはああやって、メスを呼んでるんだよ」

学年でいうと二つ上になる和志は、何かというと私達に知識をひけらかしてくる。

ヒバリは田んぼの真ん中で、何度も何度もさえずりながら空へ駆け上がっていってみせた。メスを呼んでいるというより、私には空に恋して会いに行こうとしているように見えた。

「ピーチチ、ピュルピュル、ピュル」

思ったより近くからその声が響いて、驚いて横を見ると、絵美ちゃんの口からそのさえずりは響いてきていた。

「似てる？」

おっとりと絵美ちゃんは笑う。

「そっくりー、本物かと思ったよ」

「すげーな」

田んぼの向こうに流れる川沿いには、柳の緑が芽吹き始めていた。枯草の下の緑はもうじきいっせいに伸び出して、地面を覆いつくしていく。その後は堰《せき》を切ったように花が咲き始めて、この里は花で埋め尽くされていくだろう。

ヒバリの鳴き声はまるで、花咲く季節を呼ぶためのファンファーレのようだった。

お母さんがどんな意味や期待をこめて、私にこの名前をつけてくれたのか、聞くことはできない。

それでも、ファンファーレのようなさえずりと、何度も何度も空へ駆け上がるヒバリの姿に、私は初めて自分の名前を好きだと思えた。

あんな風に一心に、空を目指して駆け上がれるような人に、私もなろう。

そう、心に決めた。

お母さんは花が好きな人だったという。

私も花は好きだけど、それ以上に好きなのが昆虫だった。

どうして虫が好きなのかと聞かれても、答えに困ってしまうのだけど。

ただ言えるのは、彼らの命は、とても儚《はかな》いということだ。

たくさんの卵から小さな命が生まれて、その中で生き残るのが何割という世界だ。個体によって生存率は違うけれど、常に食べるか食べられるかという世界で彼らは生きている。

だから彼らを見ていると、命の尊さが身にしみるのかもしれない。

現代人として狩ることも狩られることもない私には、彼らのひりひりとした生き様がとてもまぶしく見えるのだ。

子供のころ、お気に入りの空き地で遊ぶ時、私はいつも虫を追いかけ観察していた。その横で絵美ちゃんは花を摘んで冠を作り、和志は秘密基地にこもって小刀で木を削っていた。

三人とも性格も趣味もバラバラで、それなのに一緒にいるのが心地よかった。

お互いがお互いの好きな物を否定せずに受け入れていたからだったのだろう。

原っぱで虫を見つけては家に持ち帰り、卵を見つけては家に持ち帰りしているうちに、気がつけば家にはたくさんの飼育ケースが並ぶようになった。

冬になるとカブトムシとクワガタムシの幼虫を育て、カタツムリをケースで飼い、夏になると庭のサンショウの木で育っていくアゲハ蝶の幼虫の成長ぶりを観察した。

同級生の女の子達が気持ち悪いと逃げていく芋虫や毛虫が、私は大好きだった。彼らは脱皮するたびに体を大きくし、姿を変え、蛹《さなぎ》の中で大変身をとげて、やがて世界へ羽ばたいていく。

芋虫の中に詰まっているエネルギーや生命力に、私達人間は勝てるんだろうか。

虫達を見つめながら、私はいつも命について考えていたように思う。

そうして十代になるころには、私の中に小さな疑問が芽生えた。

お母さんは、どうして死んだのだろう？

ガイガイの絵本では、もう納得できなくなっていた。

昆虫の世界では、卵を産んだメスの命が尽きるのは、よくあることだ。カマキリのメスもカブトムシのメスも、卵が孵化《ふか》する瞬間を見ることなく、この世を去っていく。

だけど人の世界では、そういうことはむしろ珍しいことだ。ひと昔前は、お産で命を落とす女性もたくさんいたようだけど、医療設備が整った現代ではあまり聞かない話になった。

じゃあどうして、お母さんは私を産んですぐに死んでしまったのだろう？

それも、あらかじめ自分が死ぬことを知っていて、全ての準備を整えて死んでいった、というような形だった。

そのことを考えると、いつもお父さんの泣きそうな顔が思い浮かんだ。

こども園の卒園式で、小学校の入学式で、運動会や発表会の場で。私が誇らしいと思っている瞬間に、お父さんはいつも涙をこらえるような顔で、私を見つめていた。

お母さんのことを思い出しているんだろうか。お母さんにも見せたかったと、思っているんだろうか。

それとも、私が成長していくことが、お父さんの痛みの素になるのだろうか。

二学年上の和志は、私達より先に小学校を卒業し、黒い学ランを着てスクールバスに乗って中学校へ通うようになった。

会うたびに背が伸びているように見えて、低くなった声を聞くと、焦る気持ちがこみあげてきた。

早く中学生になりたい。でないと、和志に置いて行かれる気がする。

念願の中学生になり、セーラー服姿でバス停に立った日は、うれしくて仕方なかった。絵美ちゃんと和志と三人で、バスを待つ間しゃべり続ける時間が、一日の内で一番楽しい時間だった。

里の入り口にあるクスノキの前にあるバス停は、小屋も屋根もなくて吹きっさらしだ。雨の日はそれぞれのカサを差しておしゃべりし、暑い夏の日はクスノキの葉に守られておしゃべりした。

辛いのが、吹雪《ふぶき》の日だった。横から吹きつける雪にカサなど何の役にも立たなくて、私と絵美ちゃんは体を縮めてクスノキの幹の影に入っていた。ただそれだと、バスが来たのがわからない。

そんな日は、和志が一人きりでバス停に立ち続けていた。真っ黒いコートはたちまち雪で真っ白になっていき、バスが来る頃には髪の毛まで白く凍りつくほどだった。木の陰から覗き見た、その和志の背中ほど頼もしいものを、私は他に知らない。

私には、見ていることしかできなかった。子供のころと変わらない調子で、雪で凍った和志の頭を「ブラックジャックみたい」と笑うことしかできなかった。絵美ちゃんみたいに、ハンカチで一生懸命拭いてあげることもできなかった。それが私の、初恋と呼べるものだったのだと思う。

お母さんのスマホの中には、お父さんから見てはいけないと言われている動画が入っていた。

それを見ることが許されたのは、十五歳の誕生日だった。一人きりの部屋の中で、深呼吸して覚悟を決めると、私は動画の再生ボタンをタップした。

現れたのは、写真でしか知らないお母さんだった。動いてしゃべる姿を見るのは、それが初めてだった。

「初めまして、ひばり。お母さんです」

体の深いところまでなじんでいる声が、私の名前を呼んだ。

「十五歳の誕生日おめでとう。今のあなたなら理解し判断できるだろうと信じて、これから大事な話をします」

思わず身がまえた私に対して、お母さんはたんたんと説明をした。この地に伝わるハクモクレンの昔話に始まり、自分や私が、ハクモクレンの娘の子孫であること。そのために、少しだけ普通と違う力があるということ。そして何より普通の人と違うのは……。

「花守《はなもり》の娘は、この世に一人しか存在することができません。だからあなたも、子供を産んだら命を落とすと思っていてください。生涯独身を貫くことも、結婚して子供を持たない選択をするのも、全てあなたの自由です。あなたが今持っている命を、どれだけ使うかはあなたが決めることです」

お母さんはそこで初めて優しい表情を見せた。

「ただ、母として一つアドバイスするとしたら——毎日を大切に過ごしてください。明日命を終えることになるとしても、悔いのない毎日を過ごしてほしいです」

そしてお母さんは、まぶしそうに目を細めて笑顔になった。お父さんの話を聞いて、私の中に作り上げられていた母の存在そのままの笑顔だった。

「あなたの人生よ。精一杯生きて」

映像はそこで終わりだった。笑顔のままのお母さんの姿が消えて、画面が暗くなる。そこに浮かんだ自分の顔が、涙で滲んでいた。

「お母さん……」

お母さん、お母さん、お母さん。

お母さんが、自分の動画をこれ一つしか残していかなかった理由が、初めてわかった。

小さなころに動くお母さんの姿を見てしまったなら、どうして触れないのか、どうして抱きしめてもらえないのかと、お父さんに詰めよって泣きじゃくったことだろう。

お母さんに会わせてくれと、無理なことを願っただろう。

十五歳の私ですら、こんなにも母が恋しくてたまらなくなるのだから。

それでもひとしきり泣いて涙が止まれば、現実的に物を考え始めていたのが、やはり十五歳だった。

泣いて寝入ってしまえば、お父さんが布団まで運んでくれた子供時代は、もう遠い昔なのだ。

お母さんに出された、大きな問題。

それは、今まで解いたどんな試験の問題よりも難問だった。

私の人生を決める、問題だった。


長年不思議に思ってきた、お母さんの死因。

そして、私を見つめるお父さんのあの表情。

胸にわだかまり続けていた疑問が、やっと解けた。

花守の娘がハクモクレンの子孫だという話は、思い当たることがあった。私には一つだけ、普通ではない部分があったのだ。

植物の声が聞こえる。

初めて花の声を聞き取った時、それをお父さんに伝えたら泣かれてしまった。

今思えば、あの言葉はお母さんからのメッセージだったのだけど、お父さんを泣かせたという事実に幼い私はうろたえた。

それ以来植物に触れる時は慎重になり、闇雲に声を受け取らないように気をつけていたのだ。

それよりも問題は、子供を産んだら死んでしまうという運命だった。

恋をするのなら、大丈夫。結婚もできる。

だけど、子供を産んだら、自分の人生が終わってしまう。

まさに究極の選択だった。

花守家に生まれた娘達は、みんな同じ選択を迫られて、そして子供を産むことを選んで、死んでいったのだろう。

私が今、ここに存在しているというのは、そういうことだ。

まるで、リレーだ。

次から次へ、命のバトンが渡されて、今私がそのバトンを握っている。

手渡したら死んでしまう、文字通り命のリレーだった。

たくさんの、たくさんの花守の娘達が、晩年を犠牲にして繋いでくれた命。

お母さんの命をもらって、私は生まれてきたんだ。生かされているんだ。

感謝というよりは、プレッシャーだった。その、たった一つの命を、今自分が握っているんだという責任感。

（ああ、無理だ）

天を仰いで、そう思った。

こんな秘密を抱えたまま、恋をするなんて無理だ。こんなことに相手を巻きこんでしまうなんて、到底無理だ。

和志へのほのかな思いが、その瞬間ピシャリとシャッターを閉めたように、閉ざされたのがわかった。

十五歳の私には、恋心を閉ざすことしかできなかった。

子供を産むかどうか悩むのなんて、まだまだ先でもいい。

それ以前に、誰も好きにならなければ、悩むこともない。

そう、自分に言い聞かせて、それ以上考えるのをストップしてしまった。

それでもその事実は、何をする時でも、私の頭の上にまるで不穏な黒雲のように浮かび続けていた。

第二章　トライアングル

新品の制服は、いかにも工場で作られたモノという匂いがする。人工的な匂いが、どうにも私は好きになれない。

居間へ出ていくと、お父さんとおじいちゃんが同じような顔で目を細めた。二人とも入り婿なので、血の繋がりはないのに、年月が経つほどに二人は似ていくように思う。

「何？　入学式でも、制服姿見てるでしょ」

「いや、大きくなったなあと思って」

「んだ。おがったなあ」

おじいちゃんはことあるごとに、私を見て「おがったなあ」と口にする。おがるとは、成長するという意味だ。だけどおじいちゃんの場合、庭木にも雑草にもおがったおがったと言うので、私は何だか草と一緒にされている気分だ。

気恥ずかしくて、ろくに返事もせずに「いってきます」と家を出た。

高校まではバスを乗り継いでいくので、トータルで一時間はみないといけない。あれこれ悩んだ末に私が受験したのは、和志のいる高校だった。受験と言ってもほとんど形ばかりで、地元民が多く進む学校だ。絵美ちゃんともまた同級生になることが決まっていた。

砂利《じゃり》道は雪解けでぬかるんでいて、家の前の花壇にはたくさんの花の芽が伸び始めている。スイセン、チューリップ、ヒヤシンス。山のほうではコブシが一番乗りで白い花を咲かせて、里ではマンサクとボケが春の色を振りまき始めていた。

土の匂いと水の匂いと、かすかな花の香り。そのおかげで、制服の人工的な匂いが気にならなくなっていく。

和志の家の前を通り過ぎたところで、後ろで玄関ドアの閉まる音がした。そしてバタバタという乱暴な足音。

「よお、ひばり。今日からバスか」

「おはよう、和志」

横に並んだ学ラン姿の和志を見上げる。見上げなければならないほど、和志が大きくなってしまったのが悔しい。

「おがったねえ」

「はあ？」

「いや、おじいちゃんに言われてばっかりで悔しいから、何か人に言いたくなって」

ぷっと和志がふきだす。笑い顔は和志のお父さんそっくりだ。

里の入り口のバス停に、私と同じ制服姿の絵美ちゃんが立っていた。私達を見つけて「おはよー」と笑う。二つに結った髪と、ピンク色のほっぺ。笑うとそのほっぺがふっくらと盛り上がって、焼き立てのパンみたいになる。

「久しぶりだな、三人でバス待つの」

「ほんとだねー。二年ぶり」

和志が高校に進んでからは時間が合わなくて、バス停で会うことはなくなっていた。

まだ風は冷たいけれど、春の陽ざしは温かだ。クスノキの周りには野原が広がり、オオイヌノフグリが咲いている。それにナズナとヒメオドリコソウ。絵美ちゃんがしゃがみこんで、それらの花を眺めている。

「相変わらず、ちっこい花好きだな」

和志がかがみこんで声をかけると、絵美ちゃんの頬が、ポッと染まったのが見えた。リンゴの〈さんさ〉みたいな、きれいなバラ色。

「ユリとかバラみたいな豪華な花よりも、私は野原に咲いてる花のが好きだな」

「だめだよ絵美ちゃん。男の人の前では、うそでもバラが好きって言っておかなきゃ。損するよ」

私がそう言うと、和志が豪快な笑い声を上げ、絵美ちゃんは納得いかないという顔で唇をとがらせる。

「それでも私は、野原の花のほうが好き」

（ああ、この空気だ）

三人が集まってこんな風に会話するのは、久しぶりのことだった。久しぶりなのに、三人の間に流れる空気は、空き地で遊んでいたあのころと何も変わらない。そのことが、とても尊く思えた。

ちょうどいいバランスで成り立っている三角形。だから、これでよかったんだと思えた。

この関係を、私は壊したくない。

和志は柔道部に入っているけれど、夏の大会を最後に引退するのだという。私と絵美ちゃんは帰りのバスのこともあって、部活には入らないことに決めた。帰りの遅くなる和志とは、朝のバスでしかゆっくり話せない。里を出る時にはガラガラのバスの後部座席を占領して、他愛ない話をするのが私達の朝の日課となっていた。

「部活引退したら、何するの？」

私の質問に、和志は腕を組んでうなった。

「何しようか？」

私達は里の大らかな空気の中で、のんびりと育てられた。塾に行ったこともなく、習い事もせず、この年になるまで将来のことを真剣に考えることもなく来てしまった。

「大学受験するの？　それとも就職？」

うーんと、和志はうなり続けている。

「やりたいこととか、ないの？」

「やりたいことか……」

和志が言いよどんだのを見て、私と絵美ちゃんは顔を見合わせた。

「あるんだ？」

「――カフェ」

「カフェ？」

私と絵美ちゃんの声がはもる。それは、あまりにも和志に似つかわしくない単語だった。

「カフェでも喫茶店でも、呼び方は何でもいいけど。里の空き家になってる古民家で、何か店やりたいなと思ってて」

和志とカフェはイメージ的にかけ離れているけれど、古民家という単語が出てきて納得した。

里には誰も住まなくなった空き家が幾つかある。その中には築百年を超えるような立派な古民家もあって、和志は前々からそのことをもったいないと嘆いていたのだ。その活用法を考えた末に、カフェの経営という結論に達したのだろう。

「素敵。この辺おしゃれなお店ってないから、みんな喜んでくれるよ」

絵美ちゃんの目が、キラキラと輝き出した。こういう時の絵美ちゃんの目は、冬の星並みにきらめく。

「でも和志、料理できるの？」

うっと、和志がうめいた。痛いところを突いてしまったらしい。もう少し絵美ちゃんに夢を見させてあげるべきだったかなとは思ったけど、現実は現実だ。

「できない……から、どうすっかなあと悩んでいたところ」

「だったら、専門学校に行けばいいじゃない」

「だね、調理師の資格も取らなきゃならないんだろうし」

「学校行けば、俺にも料理ができるようになると思うか？　人に食べさせる料理だぞ？」

和志の慎重な性格は、昔から変わらない。見かけは豪快そうなのに、三人で山歩きをする時なんかは、リュックに磁石や非常食や懐中電灯やらをしっかり詰めこんで、見失わないような目印を残しながら進んでいた。

その正反対が私だ。虫がいそうな木を見つけたら、藪《やぶ》でも茨《いばら》でも突っ切っていって、戻れなくなっては和志にどうにかしてもらっていた。

そして絵美ちゃんは、しょっちゅう衝突する私達の、緩衝材になってくれる。

「大丈夫だよ。和志君は手先が器用だもん。ナイフの扱いには慣れてるでしょ？」

そうだった。和志の趣味は小刀で木を削って、何かを作り出すことだった。小鳥やらリスやら、和志の部屋の棚には作品が幾つも並んでいる。

「お店に和志の作品飾ったら素敵だね。いいね、私も楽しみになってきちゃった。和志のお店。里もきっと活気づくね」

私達の目の前にはバスの通路があり、バスの窓ごしには、真っすぐな道路が見える。バスが坂道を登り始めて、一瞬視界が青空でいっぱいになった。

そんな風に、真っすぐに歩いてさえ行けば、みんなが目指す未来に辿り着けるのだと、その時の私は信じていた。


地元の高校は先生も生徒ものんびりとしていて、毎日が穏やかに過ぎていく。テスト期間だけはさすがにピリピリした空気になるけど、それが終われば一気に夏休みの空気に取って代わった。

夏休みはいつも家の仕事が忙しくなるから手伝わなければならないのだけど、今年はお父さんにお願いして、絵美ちゃんの家の手伝いをさせてもらうことにしていた。

絵美ちゃんの家は、農業の傍ら養蚕《ようさん》をしているのだ。

里では昔はたくさんの家で蚕《かいこ》を飼っていたらしいのだけど、今では養蚕をしているのは絵美ちゃんの家ともう一軒だけだ。

蚕を育てて繭《まゆ》を出荷するまでは、四週間ほどかかる。絵美ちゃんの家では春から夏の終わりまで、四回出荷している。その一回を、最初から最後まで手伝わせてもらえることになったのだ。


お蚕というのは、憐れな生き物だと私は思う。蚕は人に世話されなければ、生きていくこともかなわない存在なのだ。

蚕が野生で生き抜くことは難しい。自分で餌を探し回ることもせず、緑の上で体の色が目立つためすぐに敵に食べられてしまうのだ。

そして羽化しても羽ばたくことしかできず、空を飛ぶことはかなわない。

人の手で家畜化され、繭を取るために育てられ、空へ飛び立つことなく死んでいく虫。それが、お蚕だ。


夏休みが始まってすぐ、私は絵美ちゃんの家に手伝いに行き始めた。

まずは桑畑で桑の葉を刈る。この作業は体力自慢の和志も手伝ってくれた。真夏の太陽に照らされて、ふうふう言いながら桑の葉をトラックの荷台に積み上げていく。

そしていよいよ、お蚕とのご対面だった。

絵美ちゃんの家には養蚕用の小屋があって、その二階がお蚕の部屋だった。

卵から孵化したばかりの蚕は、毛があって黒い小さな体をしていて、蟻に何だか似ている。小さな体で桑の葉にしがみつくと、一生懸命葉を食べ始めた。

三日ほどすると、最初の脱皮に入る。動かなくなって眠っているように見えるから、眠《みん》というのだそうだ。

二齢幼虫はもう、白い体になっている。そこからはひたすら、桑の葉を運び、食べさせることの繰り返しだった。蚕の糞で汚れてきたら、網に蚕をつかまらせて新しい葉に移動させ、古い葉と糞を掃除する。

「はーい、こっちよこっち。新しい葉っぱあるよー」

私が声をかけながら誘導してやると、お蚕達は体をくねらせて網を登ってきた。白い体は神々しいばかりだ。蚕は上へと登る習性があるので、こうして網を持ち上げていると登ってくるのだ。

「ひばりちゃんは、お蚕さんの世話が上手だね。おばあちゃんも、てんどうがいいってほめてたよ」

横で作業していた絵美ちゃんのお母さんが、目を細めてそう言ってくれる。てんどうがいいとは、手際がいいという意味だ。

「虫が好きなだけですよ」

「ひばりちゃんがうちの子だったらねえ。絵美なんか、お蚕を触るどころか、見るのもだめだって、小屋に近寄りもしないんだから」

おばさんの愚痴に、私は苦笑いするしかない。絵美ちゃんは芋虫も毛虫も子供のころから大の苦手だ。生理的に受けつけないものが大量に存在するこの小屋が、絵美ちゃんが世界で一番嫌がる場所だと私は知っている。

音が怖いの、と、子供のころ絵美ちゃんがもらしたことがある。

何万匹もの蚕が桑を食べる音。小屋からもれてくるその音を聞くと、体がザワザワとしてどうにもならなくなるそうだ。

姿を見てもいないのに、蚕の姿が想像できて、どこへ逃げても追って来そうな気がする、と。

「お蚕さんも、私達の代で終わりだねえ」

ふうっと寂しそうにおばさんがため息をついた。人の声がしなくなったとたん、お蚕が桑を食べる音が小屋の中に満ちていく。穏やかな風の鳴らす葉擦れのような音。彼らの生きている証。絵美ちゃんが、この世で最も嫌いな音。

繭を作る時期になると、回転まぶしというものが登場して、お蚕をそこに移していく。まぶしの中には枠組みがあって、一頭の蚕が一部屋に繭を作れる仕組みなのだ。

白い糸がまぶしの中に張り巡らされて、蚕は繭の中にこもっていく。この後の彼らの運命を知っていると、白い繭は美しい棺《ひつぎ》に見えてくる。

たくさんのたくさんの棺が、まぶしの中に作られていった。

そして繭が作られ始めて十日後、収繭《しゅうけん》となる。蚕を中に収めたまま、繭玉は出荷されていった。

彼らを乗せたトラックを見送って、思わず私は手を合わせていた。ふと、横のおばさんとおばあちゃんを見ると、同じように手を合わせている。

繭の中の蚕達は、あのまま高温の熱風に当てられて外に出ることなく死んでいくのだ。

人が絹糸を取るために育てられて、あっという間に人に殺される生き物。

虫の立場に立ってみれば、むごいことだなあと思う。

だからこそお蚕は、大事に大事に育てられる。小屋に迎えられたお蚕は、繭を作り上げるまでお姫様のように扱われるのだ。

蚕を見送った時にはもう、夏休みが終わりかけていた。宿題は合間を見ながら終わらせていたけど、蚕の世話だけで、夏が終わってしまった。

夕暮れの風の中を、私は家の裏にある丘へと登った。そこには一本のハクモクレンの木がある。

その木が、私のご先祖であり、お母さんであり、私の命が還《かえ》る場所でもある。

木の下に座ると、たくさんの手に包みこまれるような気がする。雪のように降り注ぐ愛情と、葉擦れのようなささやきとが聞こえる。ささやかすぎて、注意深く聞かないと言葉にならないそれらは、蚕が葉を食べる音に似ている。だから私は、あえて耳を傾けない。お母さんの言葉を拾ってしまったりしたら、それにすがりついてしまうから。

遠くの山に夕日が沈みかけ、その周りの筋雲が黄金色と朱鷺《とき》色に染まっている。風が田んぼの稲を揺らして、こちらへと吹き上げてきた。ぬるい空気が飛んでいき、ハクモクレンが葉を揺らした。

ハクモクレンの葉擦れは、なかなか収まらなかった。ああ、誰かが来るんだ、と気がついた。

目をこらすと、山の影に染まった部分を歩いて来る人がいた。丘の下に入り、しばらく姿が見えなくなって、唐突に頭が見える。一瞬ビクッとしたけど、すぐに和志だとわかった。

「よお、蚕出荷したって？」

「うん、まだ残ってる繭もあるけどね、とりあえず私の仕事は終わり」

「宿題は？」

「ちゃんとやってますぅ」

「じゃあ、明後日、遊びに行けるな？」

「遊び？　カブトムシ捕りに行く？」

「小学生かよ。一日くらい、十六歳の夏らしいことしろって、言ってんの。一度きりしかないんだぞ」

そう言われると、夏が終わるのが途端に惜しくなってくる。

「どこに遊びに行くの？」

「内緒。俺に任せとけよ。じゃあ朝の十時に迎えに行くから」

言うだけ言うと、さっさと和志は背中を向けた。

『絵美ちゃんも、一緒だよね？』

その一言を言おうとしたけど、もう夕闇の中に和志の姿はまぎれてしまっていた。


和志との約束の日。

出かけるのなんて久しぶりで、何を着ればいいのか迷ってしまった。お蚕の世話で、Tシャツにジャージやハーフパンツで過ごしてばかりだったから、タンスの奥からどうにか見栄えのよさげな服を出して来る。水色のギンガムチェックのブラウスだ。下はジーンズを合わせて、普段着よりはまし、という格好になった。

暑くなるだろうから髪をポニーテールにして、蝶の飾りゴムで留める。

時間ちょうどに和志が歩いて来るのが見えて、「行ってきます」と作業小屋に叫んで家を出た。友達と出かけるとは言っていたけど、和志も一緒だというのは何だかお父さんには知られたくない。

和志も普段着よりはちょっといい、という格好だった。誕生日に買ってもらったという、めったに履かないスニーカーを履いている。

「じゃあ、行くか」

そっけなく言って、和志は歩き出した。

「絵美ちゃんは？」

「誘ってない。今日は二人だけだ」

「え……」

思わず足が止まると、和志が振り返った。何だか、不安げな表情で。

「ダメか？」

その顔が、見上げて来る子犬を思わせて、とっさに首を振っていた。

「いいよ、行こう」

先に立って歩く和志の、斜め後ろをついていく。和志の家の前を通りかかった時、花壇の手入れをしていた和志のお母さんと目が合った。

「あら、出かけるって、二人でなの？」

「うん、夕飯までには帰るから」

「どこ行くの？　盛岡《もりおか》？」

「どこでもいいだろ」

むすっとした態度で言うと、和志は歩き出してしまう。私は黙っておじぎだけして、その場を去ろうとした。

もうすでに強い日差しが、肌に照りつけていた。それなのに、背すじがゾクリとするのを感じた。

おばさんが、私を見つめていたのだ。真冬に、雪の下に潜んでいる氷のような冷ややかな目で。

思い返せば今までも何度か、おばさんにこんな目で見られたことがあった気がした。

子供のころはしょっちゅう和志の家に入り浸って遊んでいたけど、そのころのおばさんは優しい人という印象しかなかった。

私が中学に上がったくらいから、おばさんの態度が冷たく感じるようになった。特に和志と二人でいる時に、さっきみたいな冷たい視線を感じることがあった。

「おーい、バスに遅れるぞ」

和志の声に背中を押されて、ようやく足が動き出す。どうしてだろう？　という問いが頭の中を巡っていたけれど、気持ちを切り替えて今日を楽しむことにした。

　バスで駅まで出て、そこから電車に乗り、降りた駅で和志はタクシーを拾った。学生だけでタクシーなんて、贅沢と思ったけれど、それしか交通手段がないらしい。

　十分ほどで着いたのは、お父さんと何度か来たことのある観光施設だった。春は温室でイチゴ狩りができて、園芸用の鉢花もたくさん扱っている。いつもはそこで庭に植える花を見て、名物の味つけ卵を買って帰るだけだ。

「あっちの有料ゾーン行ったことある？」

「ないよ、うち、お金かかることには厳しいから」

　お父さんもおじいちゃんも倹約家なので、お出かけといってもおにぎりを持ってドライブということが多かった。映画館で映画を見たことなんて、片手の指で足りるくらいしかない。

「バイトのお金入ったから、今日はおごってやるよ」

　和志もこの夏は、農協の予冷庫でアルバイトをしていた。

「え、でも……」

私がもごもごと言いよどんでいるうちに、和志はさっさと入場券を買ってしまった。

「はい、入場券と、これもやる」

和志が手渡してくれたのは、ガチャガチャのカプセルみたいなものだった。

「何これ、おもちゃ?」

「ウサギとアルパカの餌だよ。間違えるなよ」

「え、餌やりできるの?」

「うん、じゃあウサギから行くか」

ウサギエリアは柵に囲まれていて、フワフワの毛並みのウサギがあちこちに固まっている。さっそく餌をあげてみるとたちまち群がってきて、無心に食べ始める姿が何とも言えずかわいらしい。白にグレーに牛模様、どのウサギが一番かわいいか和志と探し合う。

「あー、ウサギくさいね。こういう匂い大好き」

ウサギエリアは、草の匂いと土の匂いと獣の匂いとが混じりあっている。

「お前くらいの年の女子なら、こういう匂い嫌がりそうだけどな」

「そうかな? うーん、そういえばそうか」

「お前のそういうとこ……」

和志が何かを言いかけてやめた。

「何よ、気になるじゃない」

「気にするな。次、アルパカだ」

気のせいか赤い顔を隠すようにして、和志はアルパカのいるほうへと歩き出した。

アルパカは焦げ茶色と白と黒の三頭がいて、みんな名前がつけられている。やたらと人懐っこくて、大人しく体を撫でさせてくれる。フワフワモコモコの毛並みがたまらない。

「かわいいー、アルパカ。癒されるー」

餌をあげると、モグモグと口を動かして食べ始める。顔だけ見るとラクダと一緒だ。

しばらく動物達と戯《たわむ》れていると、もうお昼の時間だった。

「お昼はどうするの？」

「そこのレストラン」

「割り勘ね」

和志に言われる前に、自分から言ってしまう。これ以上おごられるのは、借りを作るみたいで嫌だった。

レストランに入ると、窓際の席に通された。その外には花の溢れる庭が広がっている。

「そこのガーデンは午後からゆっくり回ってみよう」

和志の言葉にうなずいて、メニューを開く。

「ハヤシオムライスにしよう」

顔を上げてそう宣言したら、和志と声が重なった。

「気が合うね」

笑い合いながら、店員さんにオーダーする。

料理を待つ間、和志と二人で向き合っているという状況に、急に緊張してきてしまった。子供のころから一緒に遊んでいた幼なじみなのに、今日は何だか一人の男の人として意識してしまう。

だってこのシチュエーションって、まるでデートみたいだ。

和志も今日は言葉少なめで、いつものように私をからかったりしてこない。だから余計に、何を話していいかわからなくなってしまう。

会話は盛り上がらなかったけれど、オムハヤシは最高だった。お腹いっぱいになって、ショーケースに並んだケーキに目移りしつつも、レストランを後にする。

レストランの後ろが、広いガーデンになっていた。バラのアーチをくぐって中に入ると、整備された庭が広がっている。

きれいに剪定《せんてい》されたコニファーに、季節の花が咲き乱れる花壇。池には噴水もあって、夏らしい黄色い花が一角を染めている。

庭の向こうは森になっていて、花にはチョウが戯れている。

周りを見渡すと、カップルで来ている人が多かった。女の子は夏らしいワンピースやヒラヒラしたスカートを穿いていて、ジーンズ姿の自分が急にいたたまれなくなってくる。

何種類ものバラに、ケシ、キンギョソウ、デルフィニウム。私にわかる花の名前はそれくらいだ。

「花、きれいだけど、バラとユリくらいしかわかんないな」

「うん、私もそんな詳しくないから。お母さんはね、花が大好きで品種もたくさん知ってたんだって」

ふと、花壇のふちに咲く、小さな花に目が行った。水色の細かな花だ。

「こういう花、絵美ちゃん好きだろうな」

かがみこんだ姿勢のまま和志を見上げると、その顔が不機嫌そうに曇ったのがわかった。

「絵美の話は、今日はやめてくれ」

「え、なんで？」

「なんでも」

庭の景色を楽しみながらも、心にさざ波が立っていくような気がした。

今までは大して気にとめていなかった、絵美ちゃんのふとした時の表情や仕草が、記憶の中から浮かび上がってくる。

和志に声をかけられて、頬をバラ色に染めていた横顔。吹雪の中でバス停に立ち続けた和志の雪が貼りついた髪を、ハンカチで一生懸命に拭いていた姿。

ちょうどいい三角形の関係が崩れていきそうな予感が、胸をザワザワと波立たせていた。

帰りの電車の中で、和志と並んで座りながら私が考えていたのは、絵美ちゃんのことだった。

一年前の今くらいの季節、一応受験生だからという名目で、絵美ちゃんが私の家に来て勉強するということがよくあった。

勉強すると言っていても、おしゃべりに夢中になってしまうのが私達で、いつの間にか夕飯の時間になっていることも多かった。

その時間帯になると、絵美ちゃんはちらちらと窓の外を気にしていた。そして何かに気づいたように立ち上がると、突然帰ると言って家を飛び出していった。

そんなことが、何度もあったのだ。

今ならわかる。絵美ちゃんが窓の外に何を探していたのか。どうして突然、家を飛び出していったのか。

私の部屋の窓からは、道路が見通せるのだ。バスを降りて歩いて来る和志の姿が、そこからなら見えたはずだった。

部活で遅くなる和志が帰って来るのを、絵美ちゃんは私の部屋で待ち続けていたんだ。そして和志の姿を見つけると、慌てて家を飛び出していった。

高校生になってなかなか会えなくなった和志と少しでも話をしたくて、そんなことをしていたのだろう。

絵美ちゃんは、和志が好きなんだ。

きっと、ずっとずっと昔から。私が気づいていなかっただけで……、ううん、知っていた。絵美ちゃんが和志を大好きだっていう気持ちは、ちゃんと気づいていた。絵美ちゃんをライバルだなんて思いたくなくて、知らないふりをしていた。

バスに乗り換えて、里へと向かう。窓の外は薄闇に包まれていた。バスが停まるたびに乗客が一人、また一人と降りて行って、私と和志だけが後部座席に残された。

空の端には、星がきらめき始めていて、薄墨色の畑にユウガオの白い花がポカポカと開いているのが見えた。野原にはツキミソウが群れて咲いていて、ほのかな光を放つようだった。

「俺さ……」

バスのエンジン音だけが響く中で、和志が口を開いた。白い喉ぼとけがコクリと動くのが見えた。

言わないで。言わないで。

心の中で、願い続けた。

それを言ったら、私達三人の関係が壊れてしまう。

「ひばりのことが好きだ」

何かを打ち砕くようなきっぱりとした口調で、和志は言った。

（どうして、今なの……）

二年前の私なら、何も知らなかった私なら、その告白に有頂天になっていただろう。

十五歳の誕生日に閉ざした想いが、心の底でうごめく気配がした。

「だって、絵美ちゃんが……」

私の声は震えていた。最後まで言えなかったのは、本人の知らないところでそれを伝えていいはずがないと、ブレーキをかけたからだった。

「知ってる」

和志の頬が、キュッと緊張したのがわかった。

「知ってる」

もう一度言って、和志は私を見つめた。

「絵美は関係ない。俺とお前の問題だ」

「私、私は……」

私の中の恋心は、かすかにうごめいたきり、また暗く冷たい塊に返ってしまっていた。

お母さんからあの話を聞いてから、私はあきらめてしまったのだと思う。恋をすることを。人を好きになることを。

絵美ちゃんや和志が、うらやましいと思えるほどに。

答える前に、バスは停留所に到着していた。ブザーと一緒に開いたドアから、薄闇の中に降り立つ。

和志に返事をしなきゃと、顔を上げた時だった。

クスノキの下に、絵美ちゃんがいるのを見つけた。

離れた場所にある街灯の明かりで、今にも泣きそうな絵美ちゃんの表情が見てとれる。

その口が『やっぱり』と動いたのが見えた。

「絵美ちゃん、あのね」

「二人で出かけてたんでしょ？　デートだって、もう噂になってるよ」

ああもう、いなかのゴシップネタにされてしまった。舌打ちしたい気持ちになりながらも、とにかく絵美ちゃんに説明しなければと考える。

説明って、何をどう言えばいいんだろう。何を言ったところで、地雷を踏んでしまう気がする。

「知ってるよ」

泣きそうな顔のままで、絵美ちゃんが言った。

「和志君がひばりちゃんを好きだって、そんなことずっと前から気づいてた」

とうとう、絵美ちゃんの頬を涙の雫が流れていった。

「ごめん、絵美」

「何で和志君があやまるの」

絵美ちゃんの声が、悲鳴のように響く。しばらくして、何かに気づいたように、絵美ちゃんは言った。

「……和志君も、知ってたんだね」

絵美ちゃんが、和志の気持ちに気づいていたように。和志も、絵美ちゃんの気持ちに気づいていた。

クスノキの下から、絵美ちゃんは飛び出していった。私達のほうを振り返りもせずに、そのまま道路を走り去っていく。

「絵美ちゃん！」

叫んでも、その背中は私達を拒絶したままだった。

追いかけようとした私の気配に気づいたのか、絵美ちゃんが振り返る。

「放っといて！」

それでも追いかけようとする私の腕を引いて止めたのは、和志だった。

「今は、そっとしておこう」

「でも……」

「大丈夫。あのまま家に帰るだろう」

薄闇の中に、もう絵美ちゃんの背中は溶けてしまった。

家に帰ってご飯を食べていても、絵美ちゃんのことが気がかりでならなかった。スマホを取り出してメッセージを打ちこんでは消す、ということを繰り返してばかりいる。

夕飯を食べ終えて、とにかく絵美ちゃんが家に帰っているかどうか確かめてみようと、固定電話の受話器を手に取った。家にいることだけ確認できればそれでいい。

電話に出たのはおばさんで、私だとわかるなり、まくしたててきた。

「ひばりちゃん？　今こっちからも電話しようと思ってたのよ。絵美そっちに行ってない？　何も言わないで出かけて、まだ帰ってきてないのよ」

和志のバカ！　心の中で叫んだ。バカは私もだ。あいつに、女心がわかるはずがなかった。

とにかく、おばさんを心配させないように、落ち着いた口調を心がけて声を出す。

「うちにはいないけど、もしかしたら和志の家かも。あ、私電話してみますね。いたらすぐに帰るように言いますから」

電話を切って、ザワザワした心のままで出かける支度をする。そこへお風呂の用意をしていたお父さんが、顔を出した。

「ひばり、お風呂先入るか？」

「ごめん、お父さん、ちょっと出てくる」

「もう遅いぞ。どこに？」

お父さんになるべく嘘は言いたくない。だけどこの年になれば、言えないことだって増えて来る。

「絵美ちゃんと天体観測」

バレバレの嘘かもしれない。だけどニッコリ笑って、何も心配ないよとアピールする。

「あんまり、遅くなるんじゃないぞ」

問い詰めたいのをこらえるような顔で、お父さんはそう言うと、上着を手渡してくれた。

「お盆過ぎると、とたんに肌寒くなるからな」

「うん、じゃあ行ってきます」

「気をつけて。ほら、懐中電灯」

玄関を出て振り向くと、寂しそうな顔でお父さんが見送ってくれた。

「流れ星、見えるといいな」

振り切るように戸を閉めて、すっかり闇に落ちた世界に懐中電灯を向ける。

絵美ちゃんは、どこへ行ってしまったのだろう。

私達に背中を向けて走っていったということは、きっと里からは出ていないはずだ。そして家にも帰っていない。

あんなやり取りの後で、和志の家を訪ねるとは思えなかった。里で年が近いのは私と和志だけで、他に絵美ちゃんが家を訪ねていくような子はいない。

じゃあ、あそこしかない。

懐中電灯を握りしめて、私は家の裏の畑が広がる方へと足を向けた。

ついこの間まで、田んぼの周りはカエルの合唱の嵐だった。ピークの頃はうるさくて寝れなくなるほどだけど、それがいつの間にかずいぶん数が減っている。カエルの代わりに鳴き声を上げているのが、虫達だった。もう秋がそこまで来ている。

懐中電灯で足元を照らしながら、田んぼのあぜ道を進んでいく。私が通るたびに虫やカエルが押し黙り、草を踏む足音だけがやけに響く。

幾つかの田んぼと畑を抜けた先に、その小屋はあった。中学になってからここで遊ぶこともなくなっていたから、空き地はスギナが伸び放題になっている。

苦労してスギナをかきわけながら小屋へと近づく。たてつけの悪い引き戸に片手をかけたけれど、びくともしない。懐中電灯を下に置いて、両手と共に体重をかけた。

ぎしっと、建物全体が揺れて、どうにか戸が開く。

「絵美ちゃん？　ひばりだよ」

懐中電灯の明かりを、そっと中に差しこむ。ゆっくりと明かりを動かしていくと、小屋の隅にうずくまる絵美ちゃんの姿が照らし出された。

よかった、やっぱりここだった。

安堵《あんど》のため息をもらしながら、絵美ちゃんのそばにいって、懐中電灯の明かりを消す。

「今日ね、和志と一緒に出かけてきたよ」

暗くて、絵美ちゃんの顔の輪郭くらいしかわからない。目だけが白く輝いていて、視線の先は宙へと向けられている。

「アルパカ撫でて、ランチ食べて、フラワーガーデン散歩した。デートみたいって、自分でも思ったよ」

絵美ちゃんの目が辛そうに細められる。

「帰りにバスの中で、和志に好きだって言われた」

絵美ちゃんの体が、ギュッと縮こまる。

今、言うべきことだろうかと、迷った。

それでも、これを言わなければ、自分の気持ちをちゃんと伝えられないと思う。

「うちが、花守の娘の家だってことは知ってるよね？」

かすかに絵美ちゃんがうなずくのが見えた。

「私ね、子供を産んだら死んじゃう運命なんだって」

ああ、やっぱりずるいかなあと、言った後でちょっとだけ後悔する。

私のほうが、あなたより辛いんだよって、言ってるみたいだ。

「私が産まれた時お母さんが亡くなったのも、そういうわけなんだ。それを知ったのは、一年前の誕生日なんだけど……」

絵美ちゃんの手が伸びてきて、私の肘をギュッとつかんだ。

「私、前はちょっとだけ和志のことといいなって思ってたんだよ。でもそれ聞いてから、人を好きになるのも恋をするのも、怖くなったみたいでね。だから今は私、和志に対してもそういう気持ちは全然持てないんだ。今は恋よりも、自分の命のほうが大事だから」

ガタリと戸が動く気配がした。突然のことに私と絵美ちゃんは思わず抱き合って、悲鳴を上げる。

「ああ、悪い、驚かすつもりはなかったんだけど」

懐中電灯の明かりとともに戸口から姿を現したのは、和志だった。

「絵美ん家のおばさんから電話来てさ、ここだろうと思って……」

説明する和志の言葉が、まるで萎《しお》れるように闇の中に消えていく。

「……ごめん。さっきの話、聞こえてた」

そう言って、和志は床の上にしゃがみこんだ。

「俺、ふられたんだな」

「うん、そういうわけなんだ。ごめん」

和志が床に置いた懐中電灯の明かりが、白く伸びていた。絵美ちゃんと私と和志。歪《いびつ》な三角形が、そこに浮かび上がる。

「私ね」

すんと鼻をすする音を響かせながら、絵美ちゃんが言った。

「ずっとひばりちゃんになりたかった」

絵美ちゃんの手が、私の手に重なる。絹のようにひんやりとなめらかな手だった。

「和志君に好きになってもらえて、蚕も好きで、私がひばりちゃんだったら何もかもうまくいくのにって、よく思ってた」

絵美ちゃんの手が、私の手をギュッと握る。小さい時も大きくなってからも、絵美ちゃんとはよく手を繋いだ。歌いながら歩いた田んぼのあぜ道の、枯草の匂いと長く伸びた二人の影を思い出して、鼻の奥がツンとなる。

「私は、ひばりちゃんにはなれない」

自分に言い聞かせるように、絵美ちゃんは言った。

「私は私で、生きていくしかないんだ」

絵美ちゃんは、一つの願いをあきらめた。だけどそれは、前を向くためのあきらめだった。

絵美ちゃんは絵美ちゃんで生きていく。

私も私で生きていくしかないんだ。

この、運命と共に。

第三章　巣立ちの時

もしかしたら、自分は生涯結婚することも子供を産むこともないのかもしれない。

ずっと続いてきた命のリレーを、私で終わりにしてしまうのは申し訳なかったけど、死の恐怖に打ち勝てるほどの恋愛ができるなんて、十代の私には思えなかった。

私と絵美ちゃんが高校二年生になると、和志は調理師の専門学校へ通うために盛岡へ行ってしまった。また二人きりに戻ったバス停で、絵美ちゃんと他愛ないおしゃべりをする毎日だった。

私はずっとこの里で生きていくんだろうか。結婚もせず、子供も産まず、家の仕事を継いで生きていくんだろうか。

里を囲む山々を見ながら、その向こうの世界が見たいと思った。その世界の中で、自分が生きていく意味を見つけたいと思った。

大学へ行きたいと、恐る恐るお父さんに相談したら、あっさりと許可が下りた。

「でも、お金大丈夫？」

「それを見越して、貯金してある。今までずっと地元の学校で塾にも行かなかったんだから、都会のほうの家庭よりは全然学費かかってないんだよ」

おじいちゃんもお父さんも、お酒はたまにしか飲まず、畑でとれる野菜を最大限に活用して料理をしていた。たまにお出かけしてもお金は使わず、外食もあまりしたことがない。

私の学費を貯めるために、ずっと節約し続けてくれてたんだ。

「それで、どこの大学へ行くんだ？」

お母さんが卒業した大学名を言うと、お父さんの顔色が変わった。というか、青ざめた。

「今から勉強して、間に合うか？　他のライバル達は、中学から塾に通って準備してるんだぞ」

お父さんの言葉に、私も青ざめた。勉強関係で競争を意識したことすらないのに、今からやって間に合うんだろうか。

それでも、大学へ進むからには、自分の興味があることを学びたかった。その大学の農学部には、応用昆虫学の研究室があるのだ。

とにかく勉強するしかなかった。通学中のバスの中でも参考書を開き、家に帰ったら寝るまで勉強だった。

芽吹き始めた里の山々は、羽化したてのセミの体のような、薄緑色をしている。まるで発光しているような、透き通った緑色だ。それが陽を浴びるごとに緑色を濃くしていき、夏の山々の緑は迫ってくるような迫力がある。

道の脇に生えたタチアオイにいつの間にか背を抜かれ、その花が咲くころになると、どういうわけかいつも懐かしさで胸がいっぱいになった。

私はここで生まれて、この場所しか知らないのに。タチアオイのてっぺんにトンボがとまっていて、その向こうに広がる田んぼに、銀色のさざ波が立つ様を見ていると、まるで長い旅に出かけていてやっと故郷に帰ってきたような気持ちになるのだ。

ここを離れる時が来たら、私は一番にこの景色を求めるのだろう。それこそ、狂おしいほどに。

だからこの懐かしさは、未来のための予行演習かもしれなかった。

夏休み前になると、お父さんと相談してオンラインで受講できる塾の契約をした。私専用のタブレットも買ってもらい、慣れない画面上でのやり取りに苦労しながらも、わからないことを教えてもらえるありがたさを実感する日々だった。勉強に疲れたら、丘に登ってハクモクレンの下に座りこんで里の景色を眺めた。

山の高い所から始まった秋は、麓《ふもと》まで降りてきていた。カエデの赤と黄色の見事なグラデーションに、ドングリのなる木は冬の陽ざしのような柔らかな黄色に染まっている。頭上のハクモクレンの葉も、黄色と茶色に染まっていた。

ここから見ると、箱庭のような小さな里。ここから出たら私はきっと、井の中の蛙だったことを思い知るのだろう。それを味わうために、外を目指しているような気もする。

枯れた草の上に寝転がると、お日様の匂いがする。ハクモクレンの木から、たくさんのささやきが舞い降りて来る。その中の一つが、ふいに蝶のように耳朶《じだ》に留まった。

お母さんの声だった。

『頑張って』

冬は集中して勉強するのにいい季節だということを知った。クワガタムシとカブトムシの幼虫が冬眠する横で、ひたすら問題集と向き合った。キンと冷えた二月の朝。外に出ると障子紙のような薄い雲が空にかかっていた。太陽の光が透けているのに、雪が舞ってくる。

冬の間に何度か、こんな景色に出くわせる特別な朝がある。コートの袖で受け止めた雪はきれいな結晶を形作っていて、六角形の中心が鏡のように光を反射するタイプのものだった。

風も吹かない中、真っすぐに雪は舞い降りてきた。結晶が柔らかな朝陽を照り返して、空も地上もその間の世界も、視界中がキラキラとした光でいっぱいだった。

雪を蹴り上げると、砂金のように光が舞う。カラマツの木々が、雪の女王に息を吹きかけられたように、枝先まで白い結晶を貼りつけている。

後ろから追いついてきた絵美ちゃんが、「この景色、現実?」と問いかける。

冷たいほっぺをつねってあげると、「うん、現実」とうなずいた。

「スノードームに入ったみたい」

「ほんと。スパンコールが降って来てるみたい」

絵美ちゃんの髪にも、スパンコールのような雪が降り注ぎ、全身がキラキラとした光で覆われていく。柔らかな髪を覆う雪は繊細なレースのようで、まるでヴェールをかぶった花嫁のようだった。


やがて春が来て、ハクモクレンがふっくらとした水鳥の羽のような、白い花をつけるころ。私は十八歳になった。

誕生日だからといって、特別何かがあるとも思っていなかった。うちでは誕生日に豪華なケーキが出てきたこともなく、夕飯がいつもよりグレードアップする程度なのだ。

だから昼過ぎ、絵美ちゃんが訪ねてきたのには驚いた。

「誕生日ケーキ作ってきたの。おじゃましてもいい？」

絵美ちゃんは私の部屋の小さなテーブルにケーキを置くと、「じゃーん」と蓋を開けた。

小さなころ夢に見たような、誕生日ケーキだった。白いクリームがレースみたいにふちを飾って、イチゴとブルーベリーが載っている。ピンクのチョコレートの星がちりばめられているのもかわいかった。そしてチョコのプレートに、ハッピーバースデーひばりの文字。

「こういうバースデーケーキ、もらうの初めて」

「そうなの?」

「ホールケーキなんて、うちではまず買わないもん。あっても、カットケーキだったから」

学費のために節約してくれたことには感謝しているけど、小さなころこういうケーキを夢見ていたのも事実なのだ。

「ほら、やろやろ」

絵美ちゃんがケーキにロウソクを立てて、バースデーソングを歌ってくれる。

これもひそかに夢見ていたやつだった。

歌が終わると同時に、ふーっとロウソクを吹き消す。ロウソクの匂いが、ツンと鼻をつく。

ナイフを入れるのももったいないようなきれいなケーキだったけど、プレートをずらしてエイッとナイフを入れた。中にもイチゴとクリームが挟んである。

「いただきまーす」

味も最高だった。スポンジはきめ細かくてフワフワで、ふわっとしたクリームは、口の中で溶けていく。

「これ、スポンジは？　買ってきたの？」

「ううん、昨日学校から帰ってから焼いたの」

「すごい、ケーキ屋さんのよりおいしいよ」

「やだー、ほめすぎ」

口ではそう言いながらも、絵美ちゃんもケーキを口に入れて、『上出来』という顔でうなずいている。

「あのね、ひばりちゃん。私も進路決めたの」

絵美ちゃんが真面目な顔になったので、ケーキを食べる手を止めて姿勢を正した。

「卒業したら、盛岡の専門学校に進もうと思ってる。製菓コース」

「製菓？」

「お菓子作り全般の勉強ができるの。色んなケーキとか焼き菓子作れるようになりたいなって思って」

「いいね。絵美ちゃんも、カフェとかやりたいの？」

言いながら、ひょっとしてと思いついたことがあった。

「あ、もしかして、和志のカフェ一緒にやるの？」

途端に絵美ちゃんの頬が、咲きたてのバラみたいなピンク色に染まる。

「か、和志君はまだ知らないから。私が勝手に決めて、学校行くだけだから。でも、もし和志君が手伝ってほしいって言ってくれるなら、役に立てるかなって」

真っ赤になりながら言葉を並べ立てる絵美ちゃんはかわいかった。これが恋する女の子なんだなあと、微笑ましくなる。

「絵美ちゃんも盛岡行くんなら、心強いね。あー、受験頑張らなきゃ」

「うん、頑張ろう。無事合格したら、ルームシェアして一緒に住まない？」

「やだ、何それ。楽しそう」

ケーキを食べながら叶うかどうかわからない新生活のことを語るのは、幸せなひと時だった。

気がつけばホールケーキの半分が二人のお腹に収まっていて、「カロリー！」「脂肪ー！」と叫びあってお腹がよじれるほど笑いあった。

高校最後の年は、ひたすら受験勉強で過ぎていった。クラスメイトの中に大学受験組はわずかで、のどかな空気に流されないようにするのも大変だった。私が受けるのは、国立の大学一校だけだった。今年だめならば、浪人も覚悟しなければならなかった。

共通テストも個別試験も、朝に里を出たら間に合いそうになかったので、前日は盛岡に泊まりこんだ。ビジネスホテルの小さな部屋で最終確認をしながら、窓からキラキラした夜の街の明かりを眺めた。里にはない華やかな光だった。

試験当日は人の多さに圧倒され、ペンシルの走る音や紙をめくる音に心騒ぎながらも、とにかく問題を解くことに集中した。

私にやれるだけのことはやった。

後はもう、神様とお母さんに任せて、合格を祈るだけだった。

合格発表の日は、お父さんが大学まで送ってくれた。お父さんの出身校でもあるので、「懐かしいな」と言いながら掲示板の前まで歩いていく。

人ごみの中で自分の立ち位置を確保しながら、張り出された紙の中に自分の受験番号を探した。

「あった……」

何度も見直して、何度も確かめて、学部が合っているかまで確かめて、やっとお父さんに言えた。

「あったよ、お父さん。合格」

周りでは歓声や悲鳴が飛び交っている。その喧騒の中で私の声を聞き取ったお父さんの目から、涙が溢れ出した。

「おめでとう、ひばり」

「何でお父さんが泣くのよ」

お父さんは相変わらず、うれしそうなのに悲しそうだった。私が成長の階段を上るたび、死に近づいていくから。

せめて少しでも長く、お父さんのために私は生きよう。生きていくために勉強をして、自分の進む道を見出そう。

合格が決まってからの日々は慌ただしかった。

絵美ちゃんは私の合格を信じて、二人で住める部屋を幾つか見つけておいてくれた。その中から二人ともが学校に通いやすい距離にあるアパートを契約した。

引っ越しの準備に、入学の手続きにと、毎日が瞬く間に過ぎていった。気がつけば雪が解けて地面がぬかるみ、花壇には黄緑色の花の芽が並んでいる。

「ひばり、盛岡には、これも持って行けよ」

お父さんが指さしたのは、玄関に置いてある観葉植物だった。土に刺した札にはシェフレラと書いてある。

「え、持ってくの？　世話するの大変じゃない？」

「これは育てやすいやつだから。いいから、持っていきなさい。カブトムシの世話より楽だろう」

そういえば、前にお父さんから聞いたことがあった。お母さんは街に出てから、よく体調を崩していたらしい。私達がハクモクレンから離れるっていうのは、きっとそういうことなんだ。

「そうだ、カブトムシとクワガタムシの世話の仕方、ノートに書いてあるからね。羽化したら誰かにあげちゃってもいいから、よろしく」

大事に世話してきた幼虫達は、さすがにアパートには持っていけない。何より絵美ちゃんが幼虫を怖がるだろう。クワガタムシなんて三年世話してきての羽化だというのに、見ることができないのが悔しい。

「男二人になるのか。寂しくなるな」

お父さんがしんみりとしたので、慌てて明るい声を出した。

「すぐ夏休みが来るよ。大学の夏休みって長いんだよ。覚悟しといてよ」

「何の覚悟だよ」

やっとお父さんが笑ってくれた。


私一人分の引っ越しなので、家の軽トラックで用が足りてしまう。

引っ越しの日の朝、軽トラックの荷台に荷物を積んでしまうと、私はお父さんにお願いをした。

「ね、三つ編みにしてちょうだい」

「そうか?」

お父さんは何だかうれしそうだった。三つ編みにしてもらうのは、小学生の時以来だ。

「ねえ、私が自分で髪結ぶって言った時のこと覚えてる?」

「忘れもしない。小学校の五年生の時だったな」

三つ編みは、お母さんに出された宿題だったのだという。私が小さなころ、お父さんは毎日三つ編みを練習して、髪が編めるようになってからは、毎朝儀式のように三つ編みをしてくれた。

「あれね、クラスの子に言われちゃったの。まだお父さんに、髪やってもらってるのって」

そう言われて恥ずかしくなって、自分で髪を結うようになったのだ。三つ編みは難しくて、二つ結びにしていた。

「つむじ」

「え？」

「ひばりのつむじは、ちょっと真ん中から右にずれてて、どこで髪を分けるか慣れないうちは悩んだものだったよ」

「うん、自分で髪やる時も、難しいもん」

「つむじが、きれいなのの字を書いてて、それ見るたびにかわいいなあって思ってたんだ。いつの間にか背が伸びて、見下ろすこともできなくなって、三つ編みもさせてもらえなくなって……久しぶりに、お前のつむじを見たな」

お父さんの声が震えて途切れる。私は真っすぐに前だけを向いていた。

子供のままでいられなくて、ごめんなさい。

でも、生き物として正しくあろうとすれば、成長して親の手を離れていかなければならないんだ。

誰だって。

仏壇と庭から見えるハクモクレンの木に「行ってきます」を言って、私は軽トラの助手席に乗りこんだ。見送ってくれるおじいちゃんのために、窓を開ける。

「盛岡さいっでも、ちゃんと食べるんだぞ」

「絵美ちゃんが一緒だから、そこは心配してない」

「野菜おぐってやっがらな。食え」

「うん、食べる食べる」

私が差し出した手を、遠慮がちにおじいちゃんが握る。農作業で厚くなった手の皮は、しわの形に固まって、ごわごわとしている。昔からちっとも変わっていない、働き者の手だ。

手が離れて、車が家の前を離れていく。振り返って手を振っていると、おじいちゃんが叫んだ。

「飛んでけー！　ひばり。何もかんも気にしないで、飛んでけー！　それが木綿《ゆう》子《こ》の願いだ」

笑って旅立とうと思っていたのに、私の視界は涙で濡れていた。

見慣れた里の風景が、窓の外に流れていき、遠ざかっていく。車は一面田んぼの中の一本道を走っていく。

旅立つ空は、どこまでも広かった。

第四章　空に吸はれし

盛岡での新生活が始まった。

アパートがあるのは大学から自転車で十分くらいの住宅街で、窓を開けてもよそのお宅の壁と屋根ばかりが見えるという具合だ。

引っ越しの荷物がどうにか片づいたころ、突然息苦しさを感じて驚いた。本能の求めるままに、お父さんの持たせてくれたシェフレラの鉢を抱きしめる。放出される酸素を取りこむように呼吸していると、段々楽になっていった。

お父さんが言っていたことの意味が、身を以て実感できた。

里の中だけで育ってきて、周りに植物のない環境に身を置くのは初めてのことだった。子供のころから体はやたらと丈夫で、病院にかかったことすらほとんどない。そんな私が体調を崩すというのが、驚きだった。

対策を取る暇もなく、翌日は入学式だった。うちの大学の入学式は、院生も合わせてやるので盛岡中心部にある会館で行われるのだ。

絵美ちゃんには心配をかけたくなかったから、黒いスーツを着こんで「行ってきます」とできるだけ元気よく言ってアパートを出た。

バスで目的地まで行こうと思っていたのに、息苦しくなって途中でギブアップしてしまった。バスを降りて、街路樹のナナカマドの下で深呼吸して、なるべく緑のあるところをゆっくり向かうことにする。

川沿いの道を選べば、あちこちに緑があった。置かれたプランターの中にパンジーやビオラが溢れているし、柳の木にもペリドットのような芽が並んでいる。中津川《なかつがわ》沿いに出ると、川岸の黄緑色が鮮やかだった。岸にコンクリートがないおかげで、里の小川を思い出させる。見ているだけで、息が楽になった。ナズナやオオイヌノフグリが固まって小さな花をつけているのを見ると、自分も頑張らなきゃと励まされる。

会場について中に入ると、人の多さに圧倒された。みんな黒っぽいスーツを着ているので、視界から色がなくなったように思える。

式が始まり、長い祝辞が続いた。私はとにかく息を吸って吐くのに集中していて、話を聞くどころではなかった。

空間の酸素がどんどんなくなっていくような気がする。陸に上がった魚の気持ちが、よくわかった。この場所にある植物は、ステージに飾られた花瓶の花だけだ。私には遠すぎた。

お祝いの席なのに、早く終われとそればかり願っていた。新入生代表のあいさつが終わり、式が終了に近づいていく。

閉会が告げられてやっと外に出られると思ったけど、出口まではたくさんの人の波があった。押し分けて進むこともできず、四方を黒い人の背中と肩に囲まれて、どんどん頭の中が白くなっていく。

視界までが白くなっていき、『もう無理だ』と、床にうずくまりかけた時だった。

「もしかして、具合悪い？」

頭の上からかけられた声は、ひどくそっけなくて、あまり優しさは感じられなかった。それでもすがるように、私はうなずいた。

「救護室みたいなところ、あるのかな。行く？」

「外に」

「ん？」

周りのざわめきに私の声はかき消えて、その人が私の口元に耳を寄せた。

「外に、出たいです」

「うん」

力強い手が私の肘をつかんで、体を引き上げてくれた。

「すみませーん、具合悪い人いるので、通してください」

よく通る声が目の前の体から発せられた。その声に、前にいた人達が振り向きながら、道を空けてくれる。

人の壁に突き当たるたび、彼の声が人波をかき分けてくれて、何だか魔法を見るようだった。

手を引かれるままに外に出て、私は大きく息をついた。力のある植物を探して辺りを見回して、桜の木を見つけて思わず抱きついていた。

肺の隅々にまで酸素が行き渡っていくのがわかった。冷たくなっていた手に血が巡っていく感触がする。同時に頭にも血が上がっていき、私は我に返って周りを見渡した。

会場周辺は、写真撮影をする人達でいっぱいだった。木に抱きつく私を、ちらちらと見ている人達もいる。その中でも、一番近くにいてこちらをじっと見ている男性。たぶんこの人が、さっき私を助けてくれた人なのだろう。

「あ、あの、先ほどはお世話になりました」

背が高くて、目つきがちょっと鋭い人だった。

「もう、いいのか？」

「はい、だいぶ楽になりました」

「木に抱きついただけで？」

「は、はい」

自分でも、赤面するのがわかった。

「もっと、自然のあるところに行くか？」

「え？」

「ちょっと歩くけど、あっちだ」

唐突に言われてとまどったけど、その場にいるのが気まずかったこともあり、彼の後についていくことにした。

中津川に沿ってしばらく歩くと、石垣が見えてきた。盛岡市民の憩いの場、岩手公園だ。

下の広場には緑に染まり始めた芝生が広がり、あちこちに桜の木が植えられている。まだ蕾《つぼみ》は固そうだけど、今月の末くらいには満開になりそうだ。

「ちょっとしんどいけど、上まで登ってみないか？」

彼の言葉にうなずいて、石垣の上まで続く道をゆっくりと登っていった。道を囲む木々はわずかに芽を出し始めたところで、それが春の陽ざしにきらめいている。

登り坂に息が上がって、体が温まってきた。前を行く彼が上着を脱いだのを真似して、私もスーツのジャケットを脱ぐ。春の風がシャツの袖を撫でていった。石段を登りきると、そこが頂上のようだった。膝に手をついて、しばらく息を継ぐ。顔を上げると、空が近かった。

「啄木《たくぼく》の歌、知ってる？」

岩手に生まれた人間なら、石川《いしかわ》啄木の歌をどこかで耳にしたことがあるだろう。私も有名な歌なら、幾つか知っている。

「どの歌？」

「不来方《こずかた》の、お城の草に、寝転びて」

反射的に、後を続けていた。

「空に吸はれし、十五の心」

そうそう、と彼はうれしそうにうなずいた。笑顔になるとまなじりの鋭さが消えて、人懐っこい犬みたいな顔になる。

「ここ、不来方のお城」

「そうなの？　知らなかった」

不来方の名前がついた高校が、南のほうにあるのは知っていたので、そこの地名だと思いこんでいた。

「ってことは、盛岡の人じゃない？」

「うん、岩手山に近い方から、出てきたばかり」

「新入生？　じゃあ、同級生だな」

同級生という言葉に、不覚にも驚いてしまった。落ち着いた態度のせいで、院生の人だと思っていたのだ。

「何驚いてんだよ。さては、院生だと思ってたな」

「ごめっ、だって、落ち着いてるから……」

「否定しないのか」

気まずい空気が流れたけれど、彼はすぐに「まあいいや」と、土の上に腰を下ろした。

「空に吸われよう」

「は？」

ジャケットを頭の下に敷き、彼はそのままゴロリと寝転がってしまった。どうしようか迷ったけれど、私も彼の横に腰を落とし、スーツが汚れるのを気にしながらも、寝転がってみた。

空が、目の前にあった。夏の青空に、一滴ミルクを垂らして混ぜたような、柔らかな甘い水色の空。春の空はそれだけで温かい。

「歌の背景は知ってる？」

「知らない」

彼は説明してくれた。落ち着いたその声は、何故だかフクロウの鳴き声を思い出させた。

「啄木が詠んだ他の歌に、こんなものがある。『教室の窓より遁《に》げて　ただ一人かの城址《しろあと》に　寝に行きしかな』啄木が通った盛岡中学校は、ここから二百メートルくらいの場所にあったらしい。授業中教室の窓から抜け出して、ここでこんな風に空を見ていたってわけだ」

十五歳。多感で大人に反抗したくなる年頃だ。

「俺も十五の頃、よくここに来ては転がってた。観光客には、引かれるけどな」

顔を横に向けると、自嘲気味な言い方とは裏腹に、ひどく寂しげで不安定な、それこそ十五歳の少年のような表情が彼の顔に浮かんでいた。

彼も、何かから逃げ出して、ここへ来ていたんだろうか。

今日会ったばかりの人に聞けるはずもなく、私は空に目を向けた。

「確かに、身も心も吸いこまれそうな空ですね」

「歌の解釈は人それぞれだけどね……」

ポツリと彼は言った。

「悩む心を、空が吸い取ってくれた、と俺は思ってるよ」

その言葉もまた、空へ吸いこまれていった。

新生活の慌ただしさに紛れて、彼と過ごした時間はだんだん遠いものになっていった。

何しろ忙しすぎた。大学の敷地は、今まで通っていた高校の何倍もの広さがあり、ひと通りの場所を覚えるだけでも大変だった。

しかも時間割を、自分で決めなければならない。どの講義を取っていくか、自分で選ばなければならないのだ。そのシステムを理解するだけでも、時間がかかってしまった。

試しに幾つか講義を受けてみると、教室であの時の彼と顔を合わせることがあった。だけど話をする機会もなく、名前も知らないままに五月が訪れていた。

和志は専門学校を卒業した後も盛岡に残り、夢を実現するための資金作りに、バイトに明け暮れていた。勉強のために昼はカフェで、夜は居酒屋で働いている。

居酒屋の仕事が休みの日には、決まって私達のアパートに、ご飯を作りに来てくれた。料理の腕を磨きつつ、色んなレシピを試したいから、という理由で。

その日も、和志がせまいキッチンに立ち、料理を作る傍らで、私と絵美ちゃんはのんびりおしゃべりに興じていた。

新しくできた友達のことや、空いた時間を過ごす場所が欲しくて入ったサークルのこと。絵美ちゃんは、製菓のカタカナ用語が覚えられないと嘆いていた。

「ご飯できたぞー」

和志の声に「はーい」と元気よく立ちあがり、テーブルのセッティングを始める。小皿を並べ、ご飯をよそうため炊飯器を開けると、山菜のいい香りが湯気と共に立ち上った。山菜おこわだ。

「はい、天ぷら。コシアブラとバッケ（ふきのとう）とタラの芽な」

山菜のフルコースだ。

「これ、実家から来たの？」

「ああ、うちの親父、年中山に入ってるからな」

和志のお父さんは林業をやっているだけじゃなくて、休みの日でも山へ行きたがるような人だ。山菜採りもキノコ採りも虫捕りも好きで、カブトムシとクワガタムシの捕り方や育て方は、おじさんに教わったものだった。

「田楽豆腐もあるぞ。これは、バッケみそ」

「バッケみそだー。うれしー。いただきます」

手を合わせて、まずは田楽豆腐から手をつける。フワリとバッケの香りが鼻をくすぐり、口に入れるとほろ苦さと春の香りに満たされる。

「やっぱ、春はこれだよねえ。バッケ摘むのって、楽しいんだよね」

「あ、バッケみそは、家で作り置きしたのをもらったやつだから。瓶で置いてくからな」

「わーい、ありがと。ご飯のお供ー」

しばらく三人でわいわい言いながら、ご飯を楽しむ。大学生になったら生活が一変するんじゃないかと思っていたけど、変わらない顔ぶれでご飯を食べられるのがありがたい。

「わー、バッケの天ぷらチーズ入ってる。斬新」

「この豆腐、大豆の味がしっかりしておいしいね。どこの?」

「裏の方の通りで、手作りしてる店見つけたんだ。懐かしい味だろ」

「うん、おばあちゃんが作ってくれたの思い出す」

お皿の中身が半分ほど空いた時だった。はっと気づいたように、和志が言った。

「やべっ、友達呼んだの忘れてた。料理残しといてやって」

「もう、何でそういうこと、言い忘れるかな。友達って誰?」

「居酒屋のバイト友達。確か、ひばりと同じ大学の一年だぞ。盛岡育ちで、山菜を珍しがってたから、呼んだんだ。あ、電話来た。ちょっと迎えに行ってくる」

慌ただしく和志が出ていったのを見送ると、絵美ちゃんが見られて困るものがないかと、リビングのチェックを始めた。

「もう、和志君てば、こういうとこデリカシーないよね。女の子二人で住んでる部屋に、いきなり男友達連れてくるなんて」

「まあ、事前に許可は取ってほしいよね。和志の友達だから、ストーカー的な心配はないんだろうけど」

ドアをノックする音がして、「入るぞー」と和志の声がする。それに続いて「お邪魔しまーす」と低い声が響いた。静かな夜に響く、フクロウのような声。体格のいい男性二人が部屋に入って来ると、たちまちリビングが縮んだような感覚になった。

「あれ、トンボさん」

「あ、啄木の人」

私達はお互いに指を差し合って、それぞれのつぶやきを漏らした。和志が連れてきた友達というのは、入学式の日、岩手公園へと連れて行ってくれたあの人だった。

「何だ、知り合いだったか」

和志に言われて、私達は何だか気まずく顔を見合わせる。

「まだ、名前も知らないけど」

「だな」

気まずいままで、お互い自己紹介することになった。

「花守ひばりです」

「村田蓮《むらたれん》です」

「白川絵美《しらかわ》です。料理冷めちゃうんで、どうぞ座って」

恐縮しながらテーブルについた村田君だったけど、ご飯をよそってあげたら猛然と食べ始めた。

「コシアブラ初めて食べるけど、うまいな」

「だろ？　あ、そうだ。ゼンマイもあったんだ。ちょっともう一品作ってくるな」

和志が追加の料理を作りに行くと、絵美ちゃんが興味津々といった様子で訊ねてくる。

「ね、お互い知り合いだったみたいだけど、どこで会ったの？」

「ああ、それはね……」

入学式の時の出来事を、簡単に説明する。絵美ちゃんには心配をかけたくなくて、体調不良のことは言わないままだった。

「なるほど、それで啄木なのね。それで、村田さんはどうしてひばりちゃんをトンボさんって言ったの？」

それは私も謎に思っていたことだった。

「ああ、会場で酸欠っぽくなってたのが、ケースに入れて弱ったトンボみたいだったから。だから自然の多いところに連れてけば、元気になるかなと思ったんだよ」

「親切にしてもらったーって思ってたのに、何それ、私、トンボ扱いされてたの？」

頬が熱くなるのがわかる。

初対面の男の人に優しくされて、私はうれしかったんだ。ちゃんと女の子として、扱ってもらえたようで。里にいたころは、そういう経験に乏しかったから。

それなのに、女の子扱いではなく、トンボ扱いだったなんて。

「何トンボ？」

「は？」

「トンボの種類によっては、怒るかも」

ここで彼がヤンマ系の、雄々しいトンボの名前を口にしていたら、私はもう彼と口をきかなかったかもしれない。

「ミヤマアカネ」

間を置かずに村田君は答えた。考えるそぶりもなく。最初からそのトンボを、思い浮かべていたということだ。

ミヤマアカネは、真っ赤な体の色と、羽の先の淡い茶色模様が美しいトンボだ。

「それなら、文句ない」

私が怒りの切っ先を引っこめたことに安心したのか、絵美ちゃんも会話に入って来る。

「トンボっていえば、ツユクサの花が好きなんだよね。子供のころ、よくあげてたな。おいしそうに、食べてくれるんだよね」

「それ、食べてないよ」

村田君と私の声がきれいにはもり、思わず顔を見合わせた。

「トンボは肉食。草は食べない」

「え、だって、ツユクサ口に入れてたよ」

「私もやったことあるけど、足と口で花をグシャグシャして、口に入れても吐き出してた」

「うそー、あの花のこと、トンボの餌って呼んでたのに」

誰が始めたことなのか、里では子供達がみんなやっていたことだった。私も食べていないと気づくまで、何度かやったことがある。

ふいに、里の夏の風景が体の中になだれこんできた。ラジオ体操の帰り道。空にはトンボの羽があちこちで、チカチカとシグナルを送るように輝いている。草むらにはツユクサが名前の通り露に濡れて、サファイアのようにきらめいていた。手を露に濡らしながら手折ったツユクサは、宝石のようにひんやりとしていた。

「ほい、ゼンマイの酢味噌和え」

お皿を置いた和志の声に、我に返った。

「渋いな。酒のつまみじゃん」

「ジンジャーエールのつまみにしろ」

男同士で軽口を叩きながら和志もテーブルにつき、何だかうれしそうに私と村田君を見る。

「こいつも虫好きだから、ひばりと気が合うと思ったんだ」

さっきからの会話の流れで、彼が昆虫に詳しいことには気がついていた。

「へえ、女の子で虫好きって、珍しいな」

「タガメほどには、珍しくないよ」

村田君の眉がピクリと上がる。『お、やるな』という意味にとっていいんだろうか。

「ところで、例の体調不良は、もういいわけ？」

村田君がそう訊ねると、絵美ちゃんと和志が『体調不良？』という顔でこちらを見た。しょうがなく、白状する。

「こっち来てから、植物がそばにないと、酸素が薄くなったように感じるのよ。でも、慣れてきたし、大学行けば大きな木がたくさんあるから、楽になるの。この辺でもいいスポットを、幾つか見つけられたし」

部屋にいる時は、シェフレラの鉢が助けてくれる。大学へは自転車で通っていたけれど、途中で辛くなった時に立ち寄れる場所は幾つか見つけてあった。

どんな地域にもお寺やお社《やしろ》があり、その周りには大抵木立がある。うっそうと茂るスギやヒノキの周りは空気が濃くて、ずいぶん助けられていた。

「それに、農学部の近くには植物園があるでしょ。あそこにいると、落ち着くの」

私も村田君も、共に農学部の学生だ。いつも使っている棟の辺りには、植物園と呼ばれる場所があって、池や林や野原のような場所もある。子供達の自然観察に使われる場所でもあった。

「また具合悪くなったら、俺に言えよ。植物園に連れてってやる」

「ありがと」と、私は小さな声で村田君に返した。


男の人と接する時は、慎重に行かなければならない。慎重に距離を取って、友達以上の仲にはならないように、向こうにも誤解を与えないように、間違っても恋愛ごとに進まないよう、巻きこまれないように。

呪いでもかけるように自分に言い聞かせて、私は村田君に接するようにしていた。虫好き同士話が合うのは確かで、しかも彼は目指しているゼミが私と同じだった。そこを目標に、ここの大学を受験したことも。

いつの間にかお互い名前で呼び合うようになっていて、そのことに気づいた時にはしまったと思った。距離を、縮めてしまった。

私は男の人に対して、たくさんのハードルを置くようにしているのに、蓮君はそれを飛び越えて、もしくは存在にすら気づかずなぎ倒して、私に接してくる。

「ひばり、今度、うちに遊びに来ないか？」

食堂でのランチ中、蓮君が隣の席に座って来たかと思うと、突然そんなことを言い出して、固まってしまった。距離縮めすぎでしょう。一緒にご飯を食べていた友人達が、『え、つきあってんの？』という目で見て来る。

「何、いきなり」

「うちの庭、カラタチがあるんだけど、アゲハが来て卵産むんだよ。で、それが今三齢とか五齢の幼虫になってるんだ。つつくと臭角《しゅうかく》出すんだぞ。かわいいだろ」

周りで話を聞いていた女子が、一斉に引いていくのがわかった。確かに、小学生男子の会話だ。

それでも、その話の中身に惹かれてしまう自分もやっぱり、中身は小学生男子なのかもしれない。

アゲハの幼虫、臭角、見たい。触りたい。あの臭いも、しばらく嗅いでいない。

「行く。幼虫見せて」

「オッケー、いつにする?」

周りの女子の温度は冷めたままで、その中で私達はスケジュールを突き合わせ、土曜日の午前中蓮君の家に行く約束をした。


和志以外の男の人の家にお呼ばれするのは、人生で初めてのことだ。だけど蓮君は実家暮らしということだったので、さほど緊張もせずにいつも通りの格好で、自転車に乗って教わった場所へと向かった。

そこは街なかから外れたほうにある、畑や田んぼが点在する地域だった。緑が多くて、楽に息が吸える。

待ち合わせ場所のコンビニに迎えに来てくれた蓮君は、すぐに私がバッグにつけているストラップに目を留めた。

前にガチャガチャでゲットした、リアルなアゲハの幼虫ストラップだ。大学につけていったら女の子達に引かれるのはわかっていたので、外へつけて出るのはこれが初めてだった。

「リアルだな、それ。臭角まで出てるのか。赤ってことは、クロアゲハだ」

アゲハの幼虫が敵を威嚇するために出す臭角は、種類によって色が異なる。ナミアゲハは黄色。クロアゲハは赤だ。

「蓮君の家にいるのは何？」

「うちのは、ナミだよ。みんな黄色の角出す」

自転車を押しながら歩いて蓮君の家へと向かう。砂利道の先に田んぼと畑に囲まれた家があった。風よけのためか、家は杉の木で囲まれている。

「お家、農家？」

小屋にトラクターがあるのを見つけて言うと、「兼業な」と返って来る。

「叔父さんは保険の営業しながら、米農家もしてる」

叔父さんという言葉に、胸がヒヤリとした。踏みこんでいいものかと顔を見上げると、忠犬のような顔で教えてくれた。

「俺、小学生の時に事故で両親亡くしてるんだ。生まれは県北のいなかの方。それからここに引っ越してきて、ずっと世話になってる」

返事に困っていると、それを見越したのか「何も返さなくていい」と言われた。

「大変だねとか、頑張ったんだねとか、聞き飽きた」

サラリと言って、蓮君は庭の隅へと向かう。砂利を踏みしめながら、振り返らずに言う。

「新生活が始まる時は、いつも悩むんだよな。新しくできた友達に、どのタイミングで両親のことを言うべきかって。言わないでおいて他の人から聞かされたら、水臭いって思われるし」

ああ、確かに、と思う。私も中学に入った時、高校に入った時、新しい友達にお母さんのことを言うべきかどうか迷ったものだった。

「私、そんな重たいこと打ち明けられるほど、仲良くないよって顔されたことある」

蓮君が足を止めて、驚いたような顔でこちらを振り向く。

「私も、生まれた時にお母さん亡くしてるから」

驚いた顔が徐々に納得した顔になり、共感のうなずきに変わっていった。

「だな。どれくらいの仲か問題もあるよな。反応次第で、その後の付き合いも変わっていくし」

庭の隅には大きなネムの木があり、柔らかな木陰を作り出していた。その下にパンジーやペチュニアの入った、荷車型のコンテナが置かれている。

頭の中ではさっきの会話が、繰り返されていた。

思わず打ち明けてしまったけれど、会話の流れを考えたなら、重い話を打ち明けられるほどの仲だと思っているということになってしまう。お互いに。

また、距離を縮めてしまったんじゃないだろうか。

「あっ、いたいた。見てみろよ、ひばり」

打って変わって明るい声で蓮君に呼ばれて、その指先を覗きこむ。

トゲのある枝に、黄緑色の葉が生い茂っている。その緑に溶けこむように、緑色の体の芋虫がいた。独特な模様は、アゲハの幼虫の特徴だ。

「つついていい？　つついていい？」

「いいよ、ほら」

落ちていた枝を拾い上げて、蓮君が手渡してくれる。その枝先でそっと、幼虫の鼻先をつついてみる。

ニュッと、黄色い二本のツノのような臭覚が姿を現す。同時に、何とも言えない青臭い臭いが漂ってくる。

「ひゃー、臭い臭い」

臭いとわかっていても、つつくのをやめられない。

幼虫は一齢から五齢まで、あちこちの葉や枝にいた。四齢までは黒と白の姿で、鳥の糞に擬態している。五齢は緑に黒と白の模様で、目玉模様と臭覚で敵を追い払うのだ。

「サナギはないの？」

「サナギになる時は、他の木に移動するんだよな。その辺の植えこみにいない？」

近くの生垣を探してみると、枯れ葉色のサナギが見つかった。硬い殻に守られたサナギは、二本の糸だけで体を支えている。

今、このサナギの中では、ものすごいことが起きているのだ。芋虫の体は一度ドロドロに溶かされて、新たにチョウの体が作られていく。

それを考える時いつも私は、宇宙の秘密を覗き見ている心地になる。

芋虫のどの部分が、チョウのあの柔らかでしなやかな羽となっていくのか。同じような芋虫でも、カブトムシやクワガタムシは固い鎧を持った成虫になる。その素は、最初から全てあの体の中に詰まっているのだろうか。

「サナギの殻が透明ならいいのにって、よく考える」

背後から蓮君がサナギを見ながらつぶやく。息が私の髪を揺らした。

「私もそれ、よく思う。この中で何が起きてるのか、見たいよね」

うなずく気配がした。

私達は、何だかよく似ている。物の見方や考え方の方向性が、同じなのだ。間違って別々に育てられたきょうだいに会えたような、懐かしさを彼に感じた。

蓮君のそばは、心地が良くて、楽だ。

魂のきょうだい。

私は自分の中だけで、彼をそう思うことに決めた。

盛岡の初夏は、風が心地いい。

川沿いに植えられた柳の木が風に吹かれると、次々に葉裏がひるがえり、銀色の波がそこに現れる。

葉裏が美しいといえば、大学の構内にあるギンドロの木もそうだった。銀色の葉裏は風が吹くたびキラキラとして、魔法の国の木のようだった。

その季節、私は何度も蓮君の家に通った。アゲハの幼虫達が大きくなるのを観察し、サナギからチョウが羽化していくのを見届けた。

気がつけば、蓮君の家の人達とも顔見知りとなり、何故か彼女さんと呼ばれるようになっていた。

蓮君の家には叔父さんと叔母さんと、年上のいとこのお兄さんとがいる。私が見た限りではみんな蓮君を、息子同様に弟同様に思っているようだった。

蓮君とつき合っていると勘違いされているのは、大学でも同じだった。蓮君の家にちょくちょく出入りし、大学でも一緒にいることが多くなったせいか、気がつけば周りにカップル認定されていた。

蓮君はそのことをわかっているのかいないのか、嫌そうなそぶりも見せず、否定して回るようなこともせず、変わらず私に話しかけて来てくれる。

私はその状況を、利用してしまった。

同級生の子達は、受験勉強の鬱憤《うっぷん》を晴らすように合コンをし、恋人を作ろうと動いていた。そのお誘いがしばしば私にもあったのだ。

お酒なしの、クラスで親交を深めるのが目的の集まりならば、顔を出すこともあったけれど、明らかな合コンはパスさせてもらっていた。だけど何度も断ると、角が立つこともある。

だから蓮君の存在は、とてもありがたかったのだ。周りが勝手に彼氏と思ってくれていれば、合コンへ行かない理由になる。

恋ができない理由を、打ち明けられるような人は大学の中にはいなかった。それはお母さんがいないこと以上に、私にとって重たい話だったのだ。何の制約もなく恋愛できる同級生達が、私にはまぶしくて仕方なかった。彼女達は今を楽しむことに懸命だった。まるで妖精の羽を持っているように、フワフワと輝いていて、幸せそうだった。

好きな人と恋人同士になれたら、世界はどんな風に変わるのだろう。見える景色まで、違ってくるのだろうか。

夢を見るのはやめようと、自分に言い聞かせて心のシャッターを閉めた。恋愛なんかしなくても、私は生きていける。恋をせずに、生きていかなくちゃいけないのだから。

季節はどんどん過ぎていった。和志は相変わらず仕事が休みの日はご飯を作りにきてくれて、休みが合えば蓮君も食べに来てくれた。

夏はトウモロコシの炊き込みご飯と枝豆のスープを味わい、遠くの花火の音を聞きながらスイカを食べた。

秋になるとそれぞれの家からキノコと栗が立て続けに届き、キノコご飯に天ぷら、キノコ汁とフルコースのキノコ料理になった。栗は絵美ちゃんの手でモンブランに姿を変え、今まで一番おしゃれな栗を味わった。

盛岡の冬は里よりはましではないかという期待は、儚く崩れ去った。地吹雪に巻きこまれることは確かになかったけれど、寒さは変わらないし、自転車が使えないのでバスで移動するしかなくなる。バスに乗るたび陸に上がった魚の気分を味わい、医務室で休ませてもらったこともあった。

どの冬よりも待ち望んだ春がやって来て、盛岡での二年目が始まった。

第五章　オシラサマ

盛岡暮らしも二年目になると、行きつけの店も増え、裏道の歩き方も覚え、自分の体との付き合い方もわかるようになってきた。

梅雨が明けてからというもの、真夏日が続いていた。夏休み前でみんな浮き立っているのか、建物の中にいるだけで熱気に当てられてしまう。

講義が終わると私は、いつもの避難場所の植物園へと移動した。水辺の木陰に腰かけていると、涼しい風が吹き抜けていく。トンボがスイスイと泳ぐように飛んでいて、水の底から水面を見上げているような心地になる。

「よお、ひばり」とだいぶ遠くから呼ぶ声がして、見やると自転車に乗った蓮君が手を振っていた。

「お昼福田《ふくだ》パン買って来るけど、お前もいる？」

「いるー！　夏ミカンマンゴーとヨーグルト。ミックスね」

福田パンの本店は、自転車だとここから五分ほどだ。色んな味のクリームや総菜を選べるので、お昼ご飯にたびたびお世話になっていた。

「今日はすいてたわー」

と戻って来た蓮君が、パンを差し出してくれる。料金分の小銭を手渡して、それを受け取った。

「蓮君のは何?」

「照り焼きチキンサンド」

「男の子だねー」

ビニール袋をむいて、パンにかじりつく。たっぷりのヨーグルトクリームに、夏ミカンマンゴージャムの爽やかさがぴったりで、暑い時にお気に入りの組み合わせだった。

「夏休みは、実家に帰んの?」

「うん、夏はリンドウの収穫が忙しいから、それ手伝わないと。後、時間があったら、絵美ちゃん家のお蚕の世話もしたいな」

「蚕……だって?」

「あ、嫌い?」

「嫌いなわけないだろう。養蚕家なのか？　白川の家は」

「農家と兼業だけどね。そんなに規模も大きくないよ」

「見たい」

「え？」

「俺にも蚕を見せてくれ。頼む」

パンを手放し、勢いのまま蓮君は私の腕にしがみついてきた。

「ちょっ、ちょっ、落ち着いて」

「ああ、悪い」

パッと、蓮君が手を離す。触れられたところが、熱を持ったように熱かった。

「ええっと、じゃあ、うちに泊まる？　うーん、それはやめといたほうがいいかな。和志の家に頼もうか」

閉鎖的で前時代的な里の空気を思うと、家に男の子を泊めるのはやめたほうがいいだろう。ひばりがお婿さんを連れてきたと、お年寄り達が勝手に祝宴でも始めそうだ。

「わかった。じゃあ和志と二人で予定決めるわ。二人一緒にバイトの休み取るのが難しいかもな」

楽しみで仕方ないという顔で、蓮君は笑った。まるで、一学期の終業式を終えた小学生みたいだった。

バイトのシフトを調整してもらって、和志と蓮君はそろって八月の頭に里に来ることになった。

私と絵美ちゃんは一足先に里へ帰り、家の手伝いやお蚕の世話や、夏祭りの仕度やらに明け暮れていた。

里に帰ると、息が楽にできるのがやっぱりありがたい。お母さんの存在が近くに感じられるし、おじいちゃんやお父さんの変わらない生活ぶりにも安心する。

朝起きて、外に出て景色を見渡して、そこに岩手山がどんとそびえているのを見ると、ああ帰って来たんだなあと思う。盛岡の橋の上から見る、ポストカードのような岩手山もきれいだけど、この迫力ある存在感がやっぱり私にとっての岩手山だ。

リンドウを束ね、お蚕に桑の葉を運び、畑で採れた野菜でご飯を作り、里の子供達に鉦《かね》の叩き方を教えてあげる。七月最後の週は、そんな風に過ぎていった。

里の一大イベントであるお祭りが終わり、神社から舞台が取り去られたころ、和志と蓮君が里へやってきた。

実家へ帰省中だという蓮君の先輩から借りた軽自動車を運転してきたのは和志だった。昼の仕事で配達や買い出しのために、店の車を運転しているから、これくらいは余裕なのだという。

車を降りた蓮君は岩手山を仰ぎ見た。

「近いなあ。首痛くならない？」

「ずっと見てると、痛くなるね」

一緒に出迎えた絵美ちゃんが、パンッと手を叩いた。

「そうそう、まずはごあいさつだね」

「だな。まずはごあいさつ」

和志も一緒にうなずいて、荷物も置いたまま歩き出す。和志の家からは遠ざかって、私の家へと向かい出した。

「え、うちに行くの？」

「違うって。まずは花神様にごあいさつ」

和志にそう言われて、何だか胸の底がツンとした。

私から二人に、花守の娘のことを詳しく説明したことはない。

村では、十八歳になると大人として扱われるようになる。和志と絵美ちゃんも大人の仲間入りをして、里の大人達が知ることを教わったのだろう。ハクモクレンの木が花守の娘の先祖であり、私のお母さんであることを。

我が家の裏にある丘は、相変わらずきれいに草刈りされていた。しめ縄も何もないけれど、木の周りはきれいに掃き清められている。それだけで蓮君は何かを感じたらしい。

「この木が、神様？」

ハクモクレンを仰ぎ見る蓮君に、和志が語り出した。この里に伝わる、昔話を。

「昔々、ある若者がこの木に向かって願い事をした。花嫁がほしいと。するとしばらくして、どこから現れたのか美しい娘が男のもとを訪ねてきて、やがて娘は男の嫁となった。二人は幸せに暮らしていたが、男には新たな願い事ができた。またこの木に向かって願い事をし、それが叶った時、お嫁さんは男の前から消えてしまった」

この話を初めて聞いた人は、みんなお嫁さんの正体と、願い事の中身を知りたがる。だから蓮君も、当然それを聞いて来るだろうと思っていた。

だけど蓮君は、手を伸ばし静々と木の幹を撫でると、手を合わせて祈るように目を閉じた。

私達は顔を見合わせ、慌てて蓮君にならった。手を合わせ、目を閉じて、いつものように心の中でお母さんに語りかける。

『同級生の、村田蓮君です。私と一緒で、虫が大好きなの』

目を開けると、緑色の葉の隙間から光がこぼれ落ちて来る。ヒグラシが鳴き始めて、カナカナカナという声が、私達の隙間を埋めていく。

「異類婚姻譚《いるいこんいんたん》？」

ポツリと蓮君がつぶやいて、私達はまた顔を見合わせた。

「何でわかったの？」

異類婚姻譚とは、人ではないものと人が結婚するお話のことだ。日本だと雪女やツルの恩返しの夫婦バージョンが有名だ。

蓮君が推測したとおり、このお話のお嫁さんの正体はこのハクモクレンなのだ。

「俺、結構民俗学も好きで、講義聞いたりしてるんだ。日本の昔話で、そういうパターン多いだろ。それでここでその話をされるってことは、お嫁さんの正体はこの木なのかなと。で、これ何の木?」

「ハクモクレン」

「マグノリアか。賢治《けんじ》の短編にもあったな」

「あれに出てくるのは、ホオの木じゃなかった?」

「コブシだと思ってた」

私と絵美ちゃんとで言い合っていると、蓮君が「読んだ人の解釈でいいんだよ」と言う。

「マグノリアは、モクレン系の総称だから」

「マグノリアって言えば」

和志がポツリとつぶやく。

「風と共に去りぬにも、出て来るな。主人公のスカーレットが故郷を思う時、マグノリアが咲いてるんだ」

「そのマグノリアは、何の木なの?」

私の言葉にみんなが首を傾げた。その答えまでは、さすがに誰も知らないようだった。

その夜は、私の家でバーベキューをすることになった。庭で炭をおこして、畑でとれた野菜とお肉を焼いていく。

風と共に去りぬに出て来るマグノリアが何の木か、知っていたのは意外なことにお父さんだった。何かの流れでその話になった時、ポンと答えが出てきたのだ。

「タイサンボクだよ」

タイサンボクの花は確か、ホオの花よりさらに大きくて、茶色いしべが特徴的だった気がする。

「すごーい。何で知ってるの」

「木綿子に、教えてもらったことがあった。木綿子もその小説を読んだ時、気になって、調べてみたんだって」

お母さんの名前を聞くと、胸がキュウッとなる。お母さんが風と共に去りぬを読んだのは、何歳くらいの時だったのだろう。今の私とあまり変わらないのかもしれない。

お母さんも私と同じように勉強し、本を読み、気になることを調べて、自分の中に色んなものを蓄えていったのだ。

私はお母さんから命をもらったけれど、記憶を継ぐことはなかった。人の命が終わるということは、その頭の中身も消えてしまうことなんだなと、ぼんやり思った。


翌日から、蓮君もお蚕の世話に加わることになった。お蚕はもうだいぶ大きくなっていて、数日でまぶしに移せるというところだった。台の上いっぱいにいる蚕を見て、蓮君は「すげー」とはしゃいだ声を上げた。

「実物見るの初めて。迫力あるな」

「はい、仕事仕事。桑の葉運ぶよ」

桑の葉は二階の窓まで昇降機で上げられている。そこから台の上まで桑の葉をせっせと運んでいく。ひたすら肉体労働だ。

居酒屋バイトで鍛えられているせいか、蓮君はよく働いてくれた。桑の葉を運び、蚕を新しい葉に移動させ、糞を掃除するのも嫌がらずにやってくれる。

「よおぐ稼いでけで、ありがたいねー。ほら、休みっこ食べて」

絵美ちゃんのおばあちゃんの言葉に甘えて、休憩させてもらうことにした。冷たい下へ降りて軍手を外すと、額の汗をぬぐって裏返したカゴに腰かける。冷たい麦茶がおいしかった。

おばあちゃんの用意してくれたおやつは、かます餅だった。炭であぶったお餅は香ばしくて、一口かじると中からとろっと黒砂糖が出て来る。それにクルミのカリッとしたアクセント。

「うわっ、何か出てきた」

垂れた黒砂糖に、蓮君が慌てている。シャツに黒砂糖を垂らしているのが、子供みたいだった。

「かます餅食べるの初めて？」

「うん、あんこだろうと思ったら、液体でびびった」

「黒砂糖だよ。入れる時は個体だけど、火を通すと液体になるの。農作業の合間の栄養補給に、もってこいでしょ」

脳の芯まで響くような甘さを味わっていると、おばあちゃんが向かいのカゴに腰かけた。

「蓮さん、だったが。あんだもお蚕好ぎなの？」

「はい、虫なら何でも好きですけど」

「うちの絵美のお婿さんになれば、好ぎなだけ、お蚕の世話できるよ」

おばあちゃんが顔をしわしわにして、ニイッと笑う。

「いやっ、ちょっと、それは」

慌てる蓮君に麦茶のお代わりを持ってきたおばさんが、助け船を出してくれる。

「だめよお、おばあちゃん、若い人困らせちゃ」

だけど続いた言葉に、私まで麦茶をふき出すはめになった。

「蓮君は、ひばりちゃんのお婿さん候補でしょ」

タオルで麦茶を拭きながら、必死で否定の言葉を繰り返す。

「ちがっ、蓮君はただの友達で、蚕見たいって言うから連れて来ただけで」

言えば言うほどドツボにはまるようで、私は口を閉ざした。顔が熱い。

「そう？ お似合いだけどね、あなた達。作業する時も息ピッタリだったし」

私は蓮君のほうを見られなかった。


ペルセウス座流星群がそろそろ見られるということで、夕飯を終えるとみんなで待ち合わせて丘に登った。

丘の真ん中辺りに各々寝転がって、星空を眺める。街灯も看板の明かりもほとんどない里は、家の明かりが一つ消えるたび夜の濃さが増していく。

「天の川がくっきりだな。こんなすごい星空、子供の時以来だ」

暗闇に蓮君の声が響き、頭をそちらに向ける。

「子供の時って？」

てっきり、どこかにキャンプにでも行って見た光景だろうと思ったから、そう尋ねた。

「俺の生まれ育った村で見て以来、だ」

ヒヤリとした空気に、腕を撫でられた気がした。

蓮君が子供のころの話をするのを、私はほとんど聞いたことがない。話したとしても、親や地域とは関係しない話ばかりだった。

彼がその思い出を語ることを避けているのなら、私達もそれに触れないようにしなければならない。いつの間にか暗黙の了解ができあがっていた。

そのタブーを、蓮君は自分から破って語り出した。

「家があったのは村の中でもかなり山の方にある地域で、景色だけはよかったんだ。家のそばには川が流れていて、釣りをすればヤマメがかかった。家は民宿をやっていて、泊まったお客さんがそろって星がすごいって言うんだ。俺にしてみれば毎晩飽きるほど見ていた星空だったけど。でも、そうだな。今ならその人達の気持ちがわかる。背筋が寒くなるほどの星空だ」

盛岡で暮らす私にも、その気持ちはよくわかった。街の夜空は底が白々としていて、星達の主張も控えめで、何となく存在感が薄い。だけど今日の前にある空は星がない空間を探すのが難しいほど星がひしめいていて、静かなはずなのにうるさいほどのおしゃべりが聞こえてきそうだった。

冬の星空はダイヤモンドのように鋭い輝きを見せてくれるけれど、夏の星空は色つきの宝石のような華やかさと温かみがある。その星空を切るように、スウッと尾を引いて流れ星が横切った。

息を詰める気配がして、星が消えるとため息が漏れる。

草むらではもう、虫の声が聞こえ始めていた。ふと、宙に浮かぶ青緑色の光に気がついた。星かと思えば、ゆっくりと動き始める。

「ホタル」

誰ともなく口にすると、誰かが起き上がる気配がした。

「ホタルだ」

つかめそうな闇の中に、ポツリポツリとホタルが飛び始める。やがて、草の上に留まる物と宙に飛び交うもの達の光の点滅が同調を始める。

ホタルの光が辺りを明るく照らし、しぼむように消えていく。その明滅の中で、一人起き上がってホタルを見つめる蓮君の顔が見えた。

蓮君の顔の横でホタルが光る。その一瞬、彼の頬に涙が落ちるのが見えた。だけどすぐに闇が訪れ、自分が見たものが幻のように思えて来る。

「思い出したよ」

目の前の光景を壊さないように静かに、蓮君が囁《ささや》く。

「何を？」

私も囁きを返した。まるでシャボン玉のような儚いホタルの光を壊さないように。

「夏になるとホタルが、いっぱい飛んでた。我が家だけが知る、取って置きの場所があったんだ。山に入っていった方の、ポカッと拓《ひら》けた林の中だった。こんな風に長く光るやつじゃなくて、瞬間的にパッと光って消えるんだ。あっちこっちで、花火が弾けてるみたいだった」

今目の前を乱舞しているのは、ヘイケボタルだ。大体四秒間隔で、ゆっくりと明滅を繰り返す。

「それ、ヒメボタルかな」

パッと光って消えるホタルと言ったら、それしか思いつかなかった。ゲンジボタルやヘイケボタルは川で幼虫が育つけれど、ヒメボタルの幼虫は山の中で育ち、成虫も林の中まで行かないと見られない。

「ああ、それだな。知識としては知ってたのに、記憶に結びつかなかった」

フワリフワリとホタルが飛び交う。その光の残像が、目の奥に残る。まるで蓮君の思い出が、形になって飛んでいるようだ。

「どうして忘れてたんだろう。あんなに印象に残る景色を。あの林、まだあるのかな……」

つぶやいた蓮君の声も、ホタルの光と一緒に消えていった。

蚕はまぶしに移され、無事に出荷されていった。蓮君はそこまでの作業を、根気強く手伝ってくれた。

蓮君はよほど里が気に入ったようで、蚕の作業が終わった後も盛岡に帰る気配をみせなかった。

「何かここ、故郷を思い出す」

彼がそう、ポツンとつぶやいたのは、群れて咲くタチアオイの花にトンボがとまっているのを眺めていた時だ。私がこの花に郷愁《きょうしゅう》をかきたてられるように、蓮君が生まれ育った故郷にも、この花の咲く景色があるのだろうか。

お盆が終わったころ、私と絵美ちゃんはうちの庭で花染の布を作る作業をしていた。蓮君は傍らでそれを珍しそうに眺めている。

花染に使うのはホウセンカの真っ赤な花だ。それぞれの家の庭に咲いている花を摘み集めると、鍋いっぱいの量になる。

「今年はこれだけで足りそうだね」

「うん、去年は足りなくて、キンギョソウも混ぜたっけ」

「それで布染めて、何に使うの？」

蓮君の問いに、私と絵美ちゃんは顔を見合わせた。言っても大丈夫かな、という確認だ。

「オシラサマのための布だよ」

「オシラサマ⁉　いるのか？　ここにも」

オシラサマは養蚕の神様で、遠野《とおの》のものが有名だけど、盛岡の周辺や青森《あおもり》のほうにもあるらしい。

「一対だけだけど、絵美ちゃんの家にあるの」

花びらを専用のネットに入れて、水とお酢を鍋に入れて、卓上コンロの火にかける。家の中で作業しないのは、酢臭くなってしまうからだ。

少しずつ温度を上げながら、ビニール袋をはめた手で花びらをもみこむ。せっせともみもみし、熱くなったところで火を止める。

そこへ水を足し、木綿の白い布を二枚入れる。

「はい、このまま一晩放置」

鍋に蓋をして、雨の当たらないところに置いておく。明日になれば、布はきれいに染まっているはずだった。

「その作業は、やっぱり女の子の役目なのか？」

「うん、私達じゃもう大きすぎるんだけど、里にいる他の女の子はまだ小さすぎて、この仕事は危ないからね。小正月の行事には私達はもう参加しないんだけど」

「小正月の行事って、どんな？」

これを説明するのは、絵美ちゃんの役目だった。

「まず、オシラサマのお供え物の用意からね。小豆を煮て白玉だんごを入れたものと、繭に見立てた白玉だんごを作るの。それで、里の小さな女の子達が集まったら、巫女婆様、——うちのおばあちゃんなんだけど——が、奥の座敷の隅にある黒い仏壇からオシラサマを取り出すの」

オシラサマはひな人形のように男女一対で、男神のほうは、馬の頭をしている。箱は囲炉裏《いろり》の煤で真っ黒になっているし、オシラサマも代々たくさんの子供に触られたせいで黒ずんで、元の顔もよく判らなくなっていた。

「おばあちゃんが、祭文《さいもん》を唱えて……お経みたいで聞き取りにくいけど、遠野物語にもある馬と娘のお話を語ってるんだと思う。それが終わったら、夏の間に花染をした布を一枚ずつオシラサマに着せてあげるの」

オシラサマに重ねられた布は、降り積もった年月をそのまま形にしたものだった。下にある布は茶色く乾いていて、ちょっと触れただけでホロホロと崩れていってしまう。おばあちゃんがお祈りをしながらオシラサマを振るたびに、茶色い布のかけらが床にこぼれ落ちていった。

その布の中にはきっと、子供のころのお母さんが着せた布もあっただろう。私のおばあちゃんが着せた布も。その更にお母さんが着せた布も。

「その後は、子供達でオシラサマ遊び。まあ、普通のお人形遊びと変わらなかったと思うけど。あと、オシラサマをおんぶしたりね。ひと通り遊び終わったら、占いの時間」

薄暗い座敷の中に、朗々と響き渡ったおばあちゃんの声を思い出す。いつものおばあちゃんとは別人のような、張りのある少し恐ろしささえ感じる声だった。

「巫女婆様が神下ろしをして、一年の吉凶を話していくの。天気のこと、作物のこと、台風がどの時期に来て、夏は暑いか寒いか。雨が多いか少ないか。この方角の家は火事に注意。里の人を名指しして、この病気に注意するようにって言うこともある。時々は人が死ぬことも予言して、それはすごく怖かった」

おばあちゃんが語る言葉は、絵美ちゃんのお母さんが真剣な顔でノートに書き留めていった。その内容は後で、里のみんなにも知らされる。

「その占いは、当たるの？」

「天候に関しては、割と当たってたと思う。農家のみんなは、その占いをあてにして一年の予定を立てていたし。悪いことに関しては、言われた人が気をつけてたから、大体はずれてたよ。ただ、人が死ぬのはね……」

私と絵美ちゃんは、顔を見合わせる。

「それだけは、避けようがない感じだった。名前が挙がるのはほとんどがお年寄りだから、家の人は粛々と準備を始めるの。本人にだけは、そのことを気づかせないようにして」

里では今でも、人が亡くなると儀式的に野辺送り《のべおく》をする。占いで、人の死が語られるたび、私の頭には野辺送りの光景が浮かんでいた。

青々とした田んぼの中を、喪服を着た人達が進んでいく。近所のおじさんが大きな金色の銅鑼《どら》を鳴らし、白い紙吹雪が風に舞う。その光景はお祭りと対極にあるものだった。

「すごいな、本当に遠野物語の世界じゃん。他には？　オシラサマの話で、印象に残ってるものとかないの？」

「印象に残ってるって言えば、火事のことかな」

「ああ、あれね」

絵美ちゃんに促されて、今度は私が話し出す。

「火事に気をつけろって言われてた家でね、うっかりストーブを消し忘れて寝ちゃったの。何だか煙臭いなって起きたら、ストーブの周りに焦げた跡があって、でも火は消えてたんだって。ああ、よかった、ボヤですんだんだって、翌朝外に出てみたら、そこにオシラサマの女神が転がっていたの。拾い上げてみたら布の裾が焦げている。それでオシラサマが火事を消してくれたんだって、絵美ちゃん家に戻しに来て、たくさんお供え物をしていったんだよ」

「動けるのか、オシラサマ」

「おばあちゃんの話では、飛ぶんだって」

「飛ぶ！」

日が傾いてきて、空にはたくさんのトンボが飛び交っていた。お盆を過ぎたころから、トンボの数は急に増えていく。風の方向のせいか、ほとんどが同じ方向を向いて飛んでいくのが不思議だった。夕日がその羽を照らし出して、空にレースをかけたようだ。

「見てみたいな、オシラサマ」

期待をこめた目で蓮君が言うので、「無理」ときっぱり言っておいた。

「ここのオシラサマは恥ずかしがり屋で、女の子、それも里の者でないと見ちゃいけない決まりなの。そもそも、小正月以外は、箱を開けちゃいけないことになってるから」

「そうなのか」

しょぼんとうなだれた蓮君は、叱られた犬を思わせた。

翌朝、染料につけた布を取り出して、きれいな水でじゃぶじゃぶと洗った。お酢の匂いがなくなるまですすいで、物干しにかける。布は柔らかな茜色に染まっていた。

絵美ちゃんと二人、仕上がりに満足していると、朝ごはんを食べ終えたのか蓮君がやってきた。

「おーきれいに染まったな」

蓮君が見上げる先で花染の布が、小さな夕焼けのように揺れている。

「なあ、どうにかして、オシラサマ見る方法ないかな」

「また、それ言う。無理って言ったでしょ」

「じゃ、じゃあ、箱だけでも見せてもらえないかな」

絵美ちゃんに目を向けると、困ったように首を傾げる。

「箱を見せちゃいけないって、決まりはなかったと思うけど」

「箱だけでいい、頼む」

蓮君に手を合わせてお願いされて、押しに弱い絵美ちゃんはしぶしぶというようにうなずいた。

「誰もいない時に、こっそり見るだけなら……。見つかったら絶対怒られるから、見つからないようにね」

「ありがとう。恩に着る」

顔をくしゃくしゃにして、蓮君は絵美ちゃんの手を両手で握り、ぶんぶんと振った。


絵美ちゃんの家も農家なので、昼は家に人はいなくなる。問題はおばあちゃんだった。おばあちゃんの行動は読めないのだという。畑に行く日もあるし、暑すぎる日は小屋で作業したり、庭の草取りをしたりするのだという。

まずはごく普通に遊びに来たという感じで、絵美ちゃんの家の居間にお邪魔する。冷たい麦茶をごちそうになっていると、様子を見に行っていた絵美ちゃんが戻ってきた。

「大丈夫。おばあちゃんも畑に行ってるみたい。今のうち」

絵美ちゃんに手招きされて、廊下をそろそろと奥の座敷まで進む。引き戸を開けると、夏でも薄暗くひんやりとした座敷に辿り着く。その座敷の隅に、そこだけ夜のままのような、黒い仏壇みたいなものがある。

「私、ここで見張ってるから、見せてあげて」

戸の隙間から外を窺う絵美ちゃんにうなずいて、私は黒い扉に手をかけた。

ギイイッと、蝶番《ちょうつがい》のきしむ嫌な音がする。年に一度しか開けられない扉の中は空気がよどんでいて、光も届かずにひたすら暗い。その中に手を入れるのは、勇気がいった。暗闇で何者かに手をつかまれそうだ。自分の想像を振り払いながら、手さぐりで黒い箱を取り出した。まるで夜の塊を取り出すみたいに。

「この中に……オシラサマが」

蓮君が何だかうっとりとした顔で、箱を撫でる。

その時だった。引き戸のところにいた絵美ちゃんが、悲鳴を上げた。

「何⁉　絵美ちゃん」

「げ、ゲジゲジ。これ、私だめ」

箱から離れて絵美ちゃんの元へ行くと、その足元にゲジがいた。

「大丈夫だよ、これ嚙まないから」

「嚙まなくても、無理」

はいはいと、ゲジの足をつかんで廊下へ逃がしてあげる。その時もう一度絵美ちゃんが悲鳴を上げた。

「何、もう一匹いた？」

「ちっ、ちがっ、箱！」

「箱？」

まさかと思いながら振り向くと、蓮君が蓋を持ち上げて、中のオシラサマを覗きこんでいるところだった。

「いやー！　目がつぶれる」

「目がつぶれる？」

「よその人がオシラサマを見たら、目がつぶれるって言われてるの」

悲鳴じみた声で絵美ちゃんに言われて、さすがの蓮君も青ざめる。

さっと引き戸が開いて明るい光が座敷に差しこんできて、私達はまた悲鳴を上げた。

「なぁした。こったらどこで騒いで」

絵美ちゃんのおばあちゃんだった。畑から帰った所なのか、手ぬぐいで顔を拭いている。

「おばあちゃん……」

おばあちゃんは座敷の中に目をやって、何が起きたのか察したようだった。

「ありゃあ、蓮君、開げでしまったが」

「す、すみません。好奇心に勝てず」

「神様驚かせだら、悪いごど起きるかもよ。まあ、やってしまっだごどは仕方ねえ。お詫び申し上げねばな」

おばあちゃんは箱の蓋を閉めると、淡々と私達に指示をした。絵美ちゃんと私には小豆団子を作る仕度をすること。蓮君にはお風呂に入って身を清めてから、夜にまたここへ来るように。

どんな雷が落ちるかと覚悟していた私達は、ほっとしながらそれぞれの仕事をしに散っていった。


小豆を煮ている時間はないので、今回は缶詰の茹で小豆で勘弁してもらうことにした。絵美ちゃんと一緒に白玉粉をこね、手で丸めて真ん中だけくぼませて、鍋で茹でていく。浮き上がって来た白玉を網ですくうのは、金魚すくいみたいでちょっと楽しい。それに、繭に見立てたお団子も作る。

缶詰の小豆に砂糖を入れ、コトコトと鍋で煮ていく。甘い匂いが台所に立ちこめていく。仕上げに塩を一つまみ。これで甘さが引き立つ。

私も一度家に帰り、夕飯とお風呂をすませてまた絵美ちゃんの家に行く。奥の座敷には簡単な祭壇が作られて、オシラサマの箱が置かれている。お供え物ももう上げられていた。

やらかしてしまった私達は、一晩かけてオシラサマにお詫び申し上げなければならないのだ。

蓮君も到着して、白装束に着替えたおばあちゃんが座敷に入って来る。下ろした白髪に白い布を巻いた姿は、いつものおばあちゃんではなく巫女様だ。明かりはロウソクの炎だけで、部屋の隅のほうは闇に沈んでいる。

低い声でおばあちゃんが祭文を唱え、オシラサマを箱から取り出す。オシラサマを振るたびに、茶色くなった古い布が畳の上にこぼれていく。

つばを飲みこむのですら、ためらわれるような空気だった。夏の夜で、外ではにぎやかに虫が鳴いているはずなのに、部屋の中までは届かず、おばあちゃんの声と、おばあちゃんが動くたびに衣がこすれる音がするだけだ。

余計なものを見ないよう、聞かないよう、私はおばあちゃんの動きだけに注目していた。ロウソクの火が揺らぐたび、あちこちの影も揺れて、世界全体が揺らぐ気がする。部屋の端の闇に沈んだ場所から、何かが姿を見せる気がする。おばあちゃんの声に混じって、他の声が聞こえる気がするのは、絶対に気のせいだ。

そうやって、気を張り詰めているおかげで、眠気は訪れなかった。燃えたロウソクが短くなった分、時間が経っているはずだけど、夜明けが近いのかどうかもわからない。

ふいに、おばあちゃんのお経を読むような声が止んだ。おばあちゃんが二体のオシラサマを手にして、こちらに向き合っている。

ゾッとしたのは、おばあちゃんの目が私達の誰にも向いていなかったことだ。何もない空中に視線を向けながら、おばあちゃんの口が動いた。

「おら、もう、怒ってね」

おばあちゃんの声ではなかった。明らかにそれは別人の、恐らく男の人の声だった。

そして私は気づいてしまった。オシラサマの男神の視線が、私達に注がれていることに。

総毛立つとはこういうことかと思った。隣に座る絵美ちゃんが、ガタガタと震える手をこちらに伸ばして来る。それを握る私の手も震えていた。

「もう、いいがら、女の子だちは、外さ出でけろ。男の子さ、言っとぐごどがある」

うつむいていた蓮君が、ビクリと顔を上げる。彼を一人にするのはかわいそうだったけど、言われたからには私達は出ていかなければならない。

震える足でどうにか立ち上がると、絵美ちゃんと手を取りあって、戸を開ける。蓮君はオシラサマに見つめられたまま、身じろぎもしなかった。

廊下の窓から外を見ると、空の端が白く染まり始めていた。ここで立ち聞きしても怒られそうで、絵美ちゃんと一緒に居間へと移動する。

「夜のオシラサマは、やっぱり怖いね」

「うん、そうだね」

絵美ちゃんと、ポツリポツリと語りあっていると、恐怖が体から抜けていく。そして、子供の頃の感覚が戻って来た。

子供の頃も確かに、おばあちゃんにオシラサマが降りるのを見ていたはずだった。占いを伝えてきたのは、あの声だった。

子供の頃はオシラサマに対して、怖さと同時に懐かしさや親しみも感じていたように思う。ご先祖様に抱くのと、同じような気持ちだ。

蓮君は何を言われているのだろう。悪い知らせでなければいいなと思う。

やがて外から鳥のさえずりが聞こえてきて、蓮君とおばあちゃんが座敷から出てきた。

蓮君は少し青ざめていて、思いつめたような顔をしていた。一目で、よくないことを言われたのだなとわかる。

「何も聞がないごどだよ。誰さもしゃべるなって、蓮君言われだがらね」

私達が何か言う前に、おばあちゃんにそう言われてしまった。こうなるともう、聞き出すことはできない。

「さ、おら寝る。あんだ達も鍋っこ団子食べたら、帰って寝るべし」

頭の布を取り去ると、もういつものおばあちゃんの顔が現れる。何度見ていても、不思議で仕方なかった。

小豆団子を食べることは、精進落とし的な意味合いがあるのかもしれない。眠気と疲れで体はクタクタだったけれど、鍋をコンロにかけてお団子を温めた。

皿によそったそれをテーブルに並べて、三人で無言で食べる。疲れた体に小豆の甘さと温かさが染みた。

「これ、へっちょこ団子ってやつだろ?」

お団子を匙《さじ》ですくって、ポツリと蓮君が言う。

「この辺では、鍋っこ団子って言うけど」

「この、真ん中をくぼませたのが、おへそみたいだから、へっちょこ団子って言うんだって……」

言いながら蓮君は匙を口に運ぶ。その目から、立て続けに涙が落ちた。

「……そう、母さんが言ってた」

私も絵美ちゃんも息を呑んだ。蓮君が泣いたことにも驚いたけど、蓮君が自分からお母さんのことを口にしたのは初めてだったから。

「やばい、思い出しちゃったよ。へっちょこ団子が俺にとっては、おふくろの味だったんだな」

次から次へと、蓮君の頬を涙がすべり落ちていく。絵美ちゃんがティッシュボックスを渡すと、それで涙と鼻を拭いながら、蓮君は小豆団子を食べ続けた。

その涙とオシラサマに言われたことが関係しているのかは、聞けないままだった。

オシラサマのことが理由かどうかはわからないけど、蓮君は翌日には荷物をまとめて盛岡へと帰っていった。

そうして、私の二十歳の夏は終わった。

第六章　ホタルの里

次の年の早春。絵美ちゃんが専門学校を卒業するという頃。驚くべきことが起きた。

絵美ちゃんと和志が、婚約を宣言したのだ。

そもそも私は二人がつき合っていることすら気づいていなかった。

驚いていたのは蓮君も一緒で、二人でちょっとだけ置いてきぼりにされた気分を味わう。

「婚約って、いつからつき合ってたの？」

「特に交際はしていない」

和志の答えに、蓮君と一緒に非難の声を上げる。

「つき合ってないで、婚約するの？」

「だめか？」

「だめでしょ」

絵美ちゃんがいつものニコニコ顔で、私達の間に入る。

「今日が交際一日目なのよ。昨日、言われたから。結婚前提につき合ってほしいって」

「プロポーズだろ。それは」

「いや、俺はそんなことは言ってない」

「じゃあ、何て言ったのよ」

「里に帰ったら結婚して、一緒にカフェをやろう。だ」

「プロポーズじゃん」

不器用で真っすぐな、和志らしい話ではあった。

とにかくおめでたい話だから、いつもの夕食会が婚約パーティに早変わりする。

缶ビールで乾杯しながら笑う和志と絵美ちゃんを見ていたら、高校一年の時の夏の夜を思い出した。

あの時は、三人の想いがバラバラな方向を向いていた。それでも絵美ちゃんだけはずっと真っすぐに和志を想い続けて、その想いにようやく和志が応えてくれたんだと思う。

「おめでとう、二人とも」

素直な気持ちでそう言うことができた。私にとって大事な二人が一緒になって、新しい道に踏み出していく。何て素敵なことなんだろう。

「そういうわけで、ひばり、早々に部屋探し始めてくれ」

「あ、そうか。絵美ちゃんが里に帰るんなら、一人向けのアパート探さないとね」

考えてみたら、盛岡に来てからずっと絵美ちゃんがそばにいてくれたから、ホームシックにもならずにすんだのだ。

「寂しくなるなあ、二人がいなくなると」

ポツリともらすと、蓮君が「俺がいるだろ」と、ニカッと笑う。

「蓮君じゃあねえ……」

ため息をもらすと、「俺じゃあ、不満なのかっ」と嘆かれる。

蓮君とは、屈託のない友人関係をこのまま続けていけるとは思っていなかった。

大学の友人達は、私達のことをすっかり恋人同士だと思いこんでいた。蓮君のことを彼氏と言われるたび、私の心に重い塊が沈んでいった。

みんなに嘘をついて、蓮君のことを利用している。その罪悪感の重さはいつしか、合コンを断る理由があって楽という気持ちを、遥かに超えるものになっていた。

和志達が盛岡を離れるのを機会に、蓮君ともそっと距離を置いていくのがいいのかもしれない。

このまま蓮君と一緒に居続けることが、私は怖かった。

自分の中にロウソクの火のように、穏やかで静かに燃えるものがある。

それをそのままにしておきたかった。それが、風や燃料を得て、ある日一度に燃え盛ったらと思うと、恐ろしくてならなかった。

小さな火は、消えてしまっても構わない。

だから、蓮君からは、もう離れていこう。

離れようと決意したものの、蓮君と私は目指している研究室が一緒だった。二人ともが希望通り研究室の一員となり、結果、今まで以上に一緒の時間を過ごすことが多くなってしまった。

新しい部屋への引っ越しを手伝ってくれたのも蓮君だった。前のアパートから歩いて移動できるだけの距離で、引っ越し屋さんを頼む必要はないと、彼が主張したためだ。

新しい環境にやっと体が馴染んで来たと思った時には、もう夏休みが目の前に迫っていた。


「夏休みどうするの？」

いつもの植物園の池のほとりで、私は蓮君に尋ねた。池には蓮君の名前と同じ、薄紅色のハスの花が咲いている。

「また、里に泊まりに来る？　和志も会いたがってたよ」

「うーん、それもいいけどなあ」

蓮君は何かを言いよどむように、伸びをしながら空を見上げた。

「あ、予定あるんなら、無理しないで」

物理的な距離は難しくても、心理的な距離だけでも取るように私は心がけていた。友達というその線だけは、お互い越えないように。

「いや、予定を聞きたいのはこっちなんだけど」

「え？」

「七月の後半辺り、空いてる？」

「え、え？」

スケジュールは空けようと思えば幾らでも空けられる。実家へ帰るのを先延ばしにすればいいだけだ。

問題は、蓮君の質問の意図だった。

迷う私に焦れたように、蓮君は言った。

「旅行に、つきあってくれないか」

「旅行って、どこに？」

「俺の、生まれ故郷」

思わず息を呑んだ。

「父親は盛岡の生まれで、両親のお墓はこっちにあるし、そこには母方の親戚がいるだけなんだ。盛岡に来てから、一度も帰ったことがなかったけど、一度行っておこうかと思って」

昨年の夏に里へ行ったことがきっかけになったのか、蓮君は時々その故郷のことを語ってくれるようになっていた。

今になって、そこへ行こうと思ったのも、何か思うところがあってのことかもしれない。

「私が一緒でいいの?」

「ひばりに、一緒に来てもらいたい」

その真摯なお願いを、断るなんてできなかった。彼の目に、切実な光が浮かんでいた。

「いいよ。里に帰るのは、その後でもいいから」

「ありがとう。旅館の予約はこっちでやっておくから」

「部屋は別よ」

「わかってる」

また一歩、彼との距離を縮めてしまったことはわかっていた。

だけど、私に頼みこむ彼の姿は、まるで一人ぼっちで置いて行かれた子供みたいで、伸ばされた手を振り払うなんて、できなかった。

二泊三日の予定で組まれた旅行の初日。私のアパートへ蓮君はレンタカーで迎えに来てくれた。彼が運転する姿を見るのは、初めてのことだ。

「運転大丈夫？」

「どうかな。兄ちゃんの車借りて、時々は運転してたんだけど、長距離走るのは初めてだ」

彼の言う兄ちゃんとは、一緒に暮らすいとこのお兄さんのことだ。

助手席に乗りこむと、冷や冷やしながら彼の運転を見守っていたけど、交通量の多い国道に出ても特にハラハラとする場面には出くわさない。周りのスピードに合わせながら、スムーズに運転する姿に、私は体の緊張を解いてシートに背中を委ねた。

盛岡の街中を抜けて北上を続けると、車は途中で国道をはずれて山を登る道に入っていく。せっかくだから、牧場のある町を回っていこうと、事前に予定を立てていたのだ。

牧場で車を降りると、空気も空も澄んでいた。まるで特別な布でこしたように、混じりっ気のない空気だ。

牧草地帯は丘陵になっていて、ぼんやりと発光するような若草色をしていた。牧草の緑と、透き通ったガラスのような青空。そこに浮かぶ白い雲。それに点々といる、牛達。

「何か、ハイジの世界にいるみたい」

「ほんとだな」

名物のソフトクリームを買って、二人でベンチに並んで食べる。空がものすごく近かった。

「え、これ、おいしい」

「おお、やべえ」

牛乳のおいしさが、そのまま濃縮されているようだ。それなのに後味はすっきりとしていて、口の中で雲のように消えていってしまう。私の中でのソフトクリームの一位が、この瞬間入れ替わってしまった。

アルパカやウサギを撫でて、おやつ用にさけるチーズを買って、再び車に乗る。酪農が盛んな町で、あちこちに牧場が広がり、牛の飼料用のロールが転がっている。若草色の牧草地帯に黄色い小さな花が点々と咲いていて、絵本の中の景色に入りこんだような気分になる。

のどかな風景は続き、道標《みちしるべ》のようにあちこちにタチアオイの花が咲いている。

いつの間にか、蓮君の故郷である村に入っていた。

ハンドルを握る蓮君の手が、少し緊張したように見えた。

蓮君が言っていたように、確かに里を思わせる風景が広がっている。田んぼと畑が広がり、小屋として使っているのかカヤぶきの屋根の家がまだ残っているのが見える。

道路沿いに点々と家が並ぶその向こうは、田んぼと畑の緑がそのまま山へと繋がっていた。開けた窓からは、ひんやりとした風と、セミの鳴き声とが入りこんでくる。山の前に立つ鳥居が、緑の中でくっきりと赤かった。

ここが、蓮君が子供の頃を過ごした、故郷なんだ。

走るうちに人家が増えてきて、商店街らしき場所に辿り着く。私達が泊まる旅館は、町の真ん中辺りにあった。

その日はもう遅かったので、おいしい夕飯を頂き、お風呂に入り、別々の部屋で休んで朝を迎えた。

食堂で朝ごはんを食べながら、スマホの地図で蓮君の家があったところを確認する。奥に入った地域で、カーナビでは心もとないのだ。

「すみません、この辺の地域に、昔民宿があったの知ってますか？」

蓮君が声をかけると、お茶をついでくれていた女将さんが、画面を覗きこむ。

「ああ、はいはい、ありましたねえ。まだ若いご夫婦だったけど、あんな山奥でお客さん来るのかねえって、私達も言ってたんですよ。そしたら、あんな……」

女将さんはそこまで言ってから気がついたように「あ、もしかして、あそこの親戚の方？」と私達に聞いて来る。

「そうなんです。ひょっとして、事故現場を知ってますか？」

事故、という言葉に、心がヒヤリとする。蓮君のご両親が、事故に遭った場所ということだろうか。

その後蓮君と女将さんは、しばらくスマホの地図を見ながらやり取りしていた。

私が出かける支度をすませる間に、近くの花屋さんに行って来たらしく、ロビーで落ち合った蓮君は花束を手にしていた。キクにリンドウ、トルコギキョウと、落ち着いた色合いでお供え用とわかる。

「場所もわかったから、行くか」

ことさら明るく言って、蓮君は車を出した。

まずはご両親の事故現場に花を供えて、その後で民宿のあった場所に向かうのだという。

そこに向かう間に、蓮君はポツポツと何があったのかを教えてくれた。

「俺の、誕生日だったんだ」

平日で、朝小学校へ出かける蓮君に、お母さんは言ったのだそうだ。

『蓮の好きなケーキ買ってくるからね』

蓮君のお気に入りのケーキ屋さんは、山を越えた先の隣町にあった。誕生日にはいつもそこのイチゴのショートケーキを三つだけ。ホールのケーキを買えない懐具合が、うちと同じだなと思った。

「午後の授業中、教頭先生が教室に来て、俺を連れ出したんだ。何も聞かされないまま隣町の病院に連れて行かれて、そこで両親が乗った車が崖から落ちて、二人とも死んだって教えられた」

私達の乗る車も坂道を登っていく。蓮君はウインカーを出して、今は使われていない旧道のほうに入っていった。道路のわきから雑草がはみ出してきている。

「俺のためにケーキを買いに行く途中だったんだ。冬の日で、道は凍りついていた。スリップして、崖から落ちたんだろうって、警察は結論づけたけど……」

そこで、けど、という言葉が挟まれたことに、心がざわついた。不穏な話になりそうな予感がした。

「葬式の後の会食で、親戚が話してるのを聞いちゃったんだ。民宿の経営はやっぱり苦しかったみたいで……そもそもお客さんが少なかったからな。建物のローンの支払いも滞《とどこお》りがちだったたって、話だった。いよいよ資金繰りが苦しくなって、自暴自棄になってしまったんじゃないかって……」

蓮君の言葉が途切れると、降るようなセミの鳴き声が聞こえてくる。

「実際保険金のおかげで、借金はなくなったし、母親も保険に入ってたおかげで、大学まで行けたんだ。……ただの事故だったかもしれないし、心中だったのかもしれない。考えるたびに、俺の中で出る答えは違っていて、でも俺が苦しいことには変わりないんだ」

崖に向かって大きくカーブしている場所で、蓮君は車を停めた。ガードレールのその先は、切り立った崖だ。

（ここが……）

しっかりとサイドブレーキを踏んで、エンジンを止めると、蓮君は外へ出る。

私も車を降りた。

この辺りが峠の頂上なのか、遥か向こうの山並みまで見通せた。ガードレールの向こうの崖下を覗きこむ勇気は私にはない。

そっと花束をガードレールの柱に立てかけて、蓮君は手を合わせた。私もしゃがみこんで手を合わせる。

「叔父さん家では、みんなよくしてくれたよ。両親の命日と俺の誕生日が一緒って皮肉なことになったけど、毎年誕生日にはホールケーキを用意して、盛大にお祝いしてくれた。でも時々ふっと、我に返るんだよな。ああ、俺はこの家の家族じゃないんだよなって。そういう時、みんながすごく遠くにいるように思えて、自転車飛ばして不来方のお城に転がりにいった」

蓮君と初めて会った時のことを思い出す。十五の彼が、あそこで何を思って寝転がっていたのか、思いを馳せる。

「俺の本当の家族は、あの時失ったきりなんだ」

ガードレールに手を載せてその向こうの景色に目を向ける蓮君の背中を、唐突に抱きしめたくなった。何とかその衝動を、自分の内に押し戻す。

小学生の頃の彼が、そのままそこにいるようで。頼りない背中と、不安げな眼差しで、今でもお父さんとお母さんを待ち続けているようで。

「心中だとしたら、何で俺を置いていったんだろう」

つぶやいた蓮君の声は、すぐにセミの鳴き声にまぎれていった。

峠でUターンをし、そのまま山を下り、ご両親の民宿があった場所へ向かうことにする。

そこはお母さんの生まれ育った集落で、そこの景色に惚れこんだお父さんが民宿を始めることにしたのだそうだ。

旅館のある町までいったん戻り、そこからまた別の山の方へと車を走らせる。行くほどに道は狭くなり、山を一つ越えたところで、目の前に小さな集落が広がっていた。少し進んだところで、車を降りる。

小さな田んぼが斜面に沿って広がり、人家がポツンポツンと存在する。道沿いにはタチアオイが、色とりどりの花をつけていた。

「ほんとに、うちの里に雰囲気が似てるね」

蓮君は何だか呆然としたように、その風景を眺めていた。数歩足を踏み出して、自分がここにいるのが信じられないというように、足元を見る。

「記憶にあるままだよ。ほとんど変わってない。ここが俺の、故郷なんだな」

川沿いには見事なノウゼンカズラの木があり、空からオレンジジュースを滴らせたように鮮やかな花をつけていた。花が一輪ぽとりと水面に落ちて、静かに流れていく。夕日のかけらのようだ。

川に沿って歩いていくと、山を背にした場所に民家よりは大きな建物があった。錆びた看板に民宿の文字が読める。

ここが、蓮君が家族と住んでいた場所だ。

「入れる？」

「ああ、無理だよ。もう人手に渡ってるから。もっとも、中の電化製品とか備品が欲しかっただけだったみたいで、建物はこの通り放置されてるけどね」

「そっかあ」

建物の中に入れれば、蓮君がもっとたくさんのことを思い出せたかもしれないのに。

それでも、庭だった場所を歩きながら、ポツポツと彼は語ってくれた。

「この辺りにオニヤンマの通り道があって、よく虫捕り網持って待ちかまえてたんだ」

言うそばから目の前をオニヤンマが通り過ぎていって、二人で笑ってしまった。

「暑くなったら、そこの山に入って、セミ捕り。泊まり客に子供がいたら、朝早く起きてカブトムシ捕りに連れてくんだ。俺の特製の罠には、絶対何かがかかってたから、子供大喜びだよ」

建物の横には、ちょうどいい木陰を作り出す木があった。背が高くて葉っぱが細かいから、多分ケヤキだと思う。

私の目線より少し上にうろがあって、黒々とした穴が口を開けていた。木の幹にふっと触れた瞬間、何かの想いが流れこんできて、びっくりして手を離した。

『届けたい』

その想いは私の中で、そんな声に変わった。

普段は植物に触れる時それなりに警戒しているので、向こうの伝えたいことが言葉になることはほとんどない。

今回は私が油断していたこともあったのだろうけど、木の想いが余程強かったということにもなる。

届けたいって、何を？

再び幹に触れようかどうしようか迷っていると、河原から蓮君が私を呼んだ。

河原へ降りていくと、蓮君は手ごろな石を見つけて、水切りをしていた。石は三回はねて、ポチャンと川に沈んでいく。

「上手」

「父さんに教えてもらったんだ。自然の中での遊び方を色々知ってて、それ目当てで来る子供連れのお客さん結構いたんだよ。続けてたら……」

蓮君は涙をこらえるように、空を仰いだ。

「続けてたら、絶対うまく行ってたと思う」

事故だったのか、心中だったのか、どちらの答えが真実でも、蓮君が辛いことに変わりはない。

それでも、その答えが欲しくて、彼は今日ここへ来たんじゃないだろうか。

「ねえ、その朝のことで、まだ何か覚えてることない？」

「その朝？」

「事故の日の……」

思い出すのは辛いだろうかと心配したけど、彼は落ち着いた様子で語ってくれた。

「冬は近くのスキー場のスキー客が来ることもあるけど、その日は誰もいなかったな。お客さんがいなきゃ朝食も残念な感じになるんだ。トーストと目玉焼きだけ食べて、母さんがケーキ買って来るって話してくれて。……そうだ、誕生日プレゼントもらったんだよ。父さんから」

「プレゼント？」

「そう。手作りの木でできたイスだった。変形するロボットのおもちゃが欲しいって言ってたのにって、内心がっかりしてたんだよな。ほんとにお金なかったんだなあ。しょうがないけど」

その時私の頭の中に、木に触れた時の声が響いた。

『届けたい』

もしかして——と、小さな期待が私の中で膨らんでいく。

「そのイスって、どれくらいの高さ？」

「子供用だから、こんなもんだよ。三十センチとか？」

蓮君が地面に手のひらをかざして、イスの高さを示してくれる。

「そのころの、蓮君の身長は？」

「え？　……百三十センチって、ところかな」

「そのイスに乗ったら、あの木のうろに届く？」

「うろ？」

「木の穴のこと」

私の言いたいことが伝わったのか、彼ははっとした表情になる。

木の前まで移動すると、彼は不安げな顔で私を見た。期待して、何もなかったらどうしようという顔だ。

大丈夫、という思いをこめて、彼の腕をぎゅっとつかむ。

今の彼はもう、イスなしでも、うろにまで手が届く。少し背伸びして、恐る恐る木の穴の中に手を入れた彼の顔が、驚きと喜びの混じった表情に変わる。

穴から引き抜かれた彼の手には、雨にさらされてボロボロになった箱が握られていた。

「俺の欲しがってた、オモチャだよ。サプライズ、するつもりだったんだな」

箱に守られて中身のオモチャは、比較的きれいな状態だった。経済的に苦しくてもお父さんとお母さんは、彼の欲しがる物をちゃんと用意してくれていた。手間のかかるサプライズまで用意して。

「サプライズを仕掛けてたのなら、心中なんてするはずがないよ」

「……そうだな」

「蓮君の好きなケーキを、買ってきてくれるはずだった」

「うん」

「愛されて、たんだね」

大きく見開かれた蓮君の目から、涙が溢れ出した。

「すっごく、愛されてたんだね」

後から、後から、蓮君の頬を涙が伝っていった。

「会いたいなあ」

むせび泣きながら、蓮君はつぶやく。

「もう一回、会いたいな。父さんと、母さんに」

できるかな、と、自分で自分に問いかける。

今まで自分の力を使いたいと思ったこともなかったし、試したこともなかった。

でも今は、今だけは、彼のためにできるだけのことをしてあげたい。

私はケヤキの幹に手を触れると、意識を集中させた。木と自分が同調するように、呼吸を合わせていく。地中深く伸びる根や、空へと手を伸ばす枝先までが感じられた時、頭の中のスクリーンに、映像が浮かんだ。

木の見てきた記憶だ。少し高い場所から集落を見下ろしている景色が、頭に流れていく。

もっと前の記憶を。蓮君のお父さんとお母さんがいたころの記憶を。

そうだ。このプレゼントを、二人がうろに入れた時の記憶。

そこに意識を集中させると、景色が一瞬ぼやけた。レンズのピントが合うように、徐々に景色が鮮明になっていき、木を見上げる二人の大人の顔が頭に浮かんだ。

目を閉じたまま、空いた片手で蓮君の手を握る。どうかこの映像が、彼にも届くようにと願いながら。

『びっくりするかな』

そう言ったのは、背の高い男の人だった。眉の濃いしっかりとした顔立ちの人だ。顔は似ていないけれど、声は蓮君とよく似ている。この人が、蓮君のお父さん。

『するわよ。イスもらって、ちょっとがっかりしてたもん』

お母さんの方は、お父さんより頭一つ分小さくて、顔の造作が蓮君に似ていた。蓮君はお母さん似だ。

『じゃあ、喜んでくれるな』

『喜んでくれるはず』

穏やかに笑いながら、二人は和やかに会話をしていた。

『頑張らなきゃな。蓮のためにも』

『ええ、頑張りましょう』

そこまで見たところで、自分の力がもう限界なのを感じる。木に寄り添っていた意識が、無理やり引き離されていくようだった。映像はふっつりと、途切れてしまった。

「今のは……何だ?」

目を開けると、呆然とつぶやく蓮君がいた。

「見えた?」

「見えたし、聞こえた。父さんと、母さんの……声」

「木の持ってた記憶だよ」

「木が……?」

「植物の声とか、記憶とか、聞いたり見たりできるんだ、私」

気味が悪いとか、怖いとか思われても構わなかった。

蓮君の願いを叶えられただけで、それだけで満足だったから。

「頑張らなきゃなって、言ってた」

「うん、言ってたね」

「二人とも、何一つ絶望なんてしてなかったんだ。どうして俺は、それを信じてやれなかったんだろう」

両手で顔を覆った蓮君の指の間から、また涙がこぼれ落ちていく。小さな子供が体中で喜びや悲しみを表現するように、彼は声を上げて泣いた。泣きたい時に泣けなかった涙が、今溢れているようだった。

泣くだけ泣いて、やがて彼は顔を上げた。涙と鼻水でぐしゃぐしゃの顔に苦笑しながら、私はティッシュを差し出す。

「ありがとう」

泣き腫《は》らして赤くなった目で私を見つめて、彼はそう言った。不意を突かれて、胸の底がキュッと縮んだように感じる。

「力のことばれるの、やだったんじゃないのか？」

「うん。人のために この力を使うのは、初めてだった」

「ありがとう」

もう一度言って、彼は私の手をギュッと握った。

「ひばりがいてくれて、よかった」

握られた手が熱い。彼の視線にからめとられそうになる。

自分の感情にブレーキをかけて、慌てて雰囲気を変えようとした。

「お、お腹すかない？　もうそろそろ、旅館に戻らないと」

陽は山の向こうに沈み、影が集落のあちこちを染め始めていた。わずかに残ったオレンジ色の光が、木々の先端を輝かせて、雲のふちを金色に縫い取っている。

「ホタル、見てこうか？」

ポツンと、蓮君が言った。

一年前の夏、蓮君が語ってくれたヒメボタルのことだ。彼の思い出の、ホタル。

「そうだね。せっかくここまで来たんだし」

「旅館に電話しとく。遅くなるって」

蓮君が旅館と電話でやり取りするうちに、辺りは暗さを増していた。

懐中電灯を持たなかったので、スマホの明かりを頼りにしながら、私達は林の中へと足を踏み入れた。蓮君が子供のころは、それなりに整備されていたのだろうけど、今は枝は伸び放題、下草も生え放題で、進むのに苦労する。

藪蚊《やぶか》と戦いながらしばらく進むと、少し拓けた場所に出た。雑草が伸び放題だけど、木は生えていないから、ここが蓮君の言っていた場所なのだろう。

暗闇に沈んだ林の中で、私達はじっとその時を待った。見られるかどうかもわからない、その瞬間を。

視界の隅で、花火のような光が弾けた。それを皮切りに、林のあちこちから、草むらの中から、青緑色の光が宙に浮かび上がってくる。

一つの光は、瞬きする間に消えてしまう。だけどホタルの光は次々に現れ、宙を舞いながら他の光と同調していき、やがて同じ間隔で光り始める。

儚い花火のように、青緑色の光が点っては消えていく。光が重なった瞬間には、隣に立つ蓮君の表情がわかるくらいに、明るくなる。

蓮君の目に、もう涙はなかった。幸せだった記憶を懐かしむように、微笑んでいた。

「自然って、すごいな」

蓮君の声に反応したように、ホタルがすっと飛んでいく。

「人がいなくなって、林の景色も変わって、それでも変わらずに、夏が来ると飛び続けるんだな」

生き物だけじゃない。木も花も、人がいなくなっても四季を忘れず、花を咲かせ葉を茂らせ、日々の営みを続けていく。

きっと、私が死んでも、ここでホタルは飛び続けて、里のあちこちで花は開き、ハクモクレンの木は葉を揺らし続けるのだろう。

「この景色を、ひばりと一緒に見たかったんだ」

暗闇の中で、蓮君の手が私の手を捕まえた。さりげなく離れようとしたのに、蓮君の力強い手に、いつの間にか引き寄せられてしまっている。

「好きだ」

蓮君の腕に包まれて、耳元でそう囁かれて、気が遠くなるかと思った。

「これからもずっと、ひばりと一緒に同じ景色を見ていきたい。だめかな」

だめ、と答えなければいけなかった。私には恋をする覚悟がないんだから。

だけど、頭のどこかで、ずるい自分が囁く。

子供を産まなければ、生きていけるんだから。

恋をするだけなら、誰も咎《とが》めはしないはず。

今だけ。今だけ。

この胸にすがるのは、罪になるだろうか？

一番素直なのは、右手だった。気がついた時には、蓮君のシャツをギュっと握りしめていた。

続いて左手が伸びて、自分から蓮君を抱きしめる。

それが、私の答えだった。

明滅する世界で、蓮君の顔がゆっくりと近づいて来る。

目を閉じてもまだ、まぶたの裏でホタルの光が瞬いていた。

蓮君の唇が静かに触れ、そっと離れていった。

ホタルの光のような、一瞬の口づけだった。

第七章　ナノハナとダイヤモンド

その年の夏休みも、蓮君は里へ泊まりにきた。

昨年と違ったことは、滞在期間の半分は私の家にも泊まるということだ。

里に帰った和志と絵美ちゃんは、持ち主のいなくなった古い農家を譲り受けて、カフェへと改装中だった。自分達で床を張り直し、壁を塗り替えて、家具も手作りするのだそうだ。

蚕の世話をして、家の手伝いをして、余った時間は私も蓮君もカフェの改装の手伝いに行った。

大工仕事は主に和志の仕事で、実に手際よく床に釘を打ちつけていく。

私は絵美ちゃんと一緒に、せっせと壁にペンキを塗っていった。

古民家は築百年近くのものだそうで、柱も梁《はり》も太く、木材は黒光りしている。

ここも養蚕をしていた家だったそうで、急角度の階段を上ると屋根裏部屋へ行くことができる。

広い土間があるので、そこに薪ストーブを置き、テーブル席を作るのだそうだ。

「家具も手作りする予定だから、この調子だとオープンは来年かな」

金槌を打つ手を休めて、和志がマイペースなことを言う。

「借金には、気をつけろよ」

そう口を挟むのは、和志と一緒に床を打っている蓮君だ。お父さん達のことが、頭にあるのだろう。

「必要なのは、厨房関係の設備くらいだから、貯金内で間に合うんじゃないかな。中古でもいいけど、しっかりしたものを見つけないとな」

そこへ絵美ちゃんが、おやつを出してくれた。

「みんな、休憩しよ」

冷たいピーチティーと、グラスに入った二色のデザートだった。上がメロンのゼリーで、下はパンナコッタ。見た目だけでも涼しくなる。

「メロン、甘いね。ここでとれたやつ？」

「うん、近所の畑でね。カフェで出すものは、なるべく地元産のものにしようと思ってるの。落ち着いたら、自分達で畑やろうかって言ってるんだ。私、ハーブ育ててみたくて」

「ゆくゆくは、お客さんが泊まれるようにもしたいんだ。一日一組限定とかになりそうだけどな」

将来のことを語る二人の表情は生き生きと輝いていて、見ているこっちまで、できないことなんてないような気持ちにさせられる。

「ひばり、ゼリーついてる」

隣に座っていた蓮君に突然あごをつかまれて、顔を横に向けられる。蓮君に正面から見つめられながら、ハンカチで口を拭かれていると、和志と絵美ちゃんの視線が突き刺さって来た。

「もしかして二人、つき合ってる？」

「ひょっとしてお前ら、つき合ってる？」

二人の声が重なって、私は思わずその場から逃げ出したくなった。

だけど蓮君は何でもないような顔で「そうだよ」と答える。

（ああ、言っちゃった）

「いつから？」

「どうしてそうなった」

二人に質問攻めにされて、私はそっと蓮君の背中を押しやった。もう全部、お任せします。

濃密な夏が過ぎていった。

蓮君と一緒に、リンドウを束ねたり、蚕を世話したり、古民家をリフォームしたり。夜は小学生みたいに、ロケット花火を飛ばして遊んだ。夕日を見て、星を見て、ホタルを見た。どの瞬間も、蓮君が一緒だった。

何をする時でも、蓮君は真剣で、楽しそうで、私と目が合うたび幸せそうに微笑んだ。その笑顔を見るたび、私も幸せな気持ちになった。

お盆前のお墓掃除にも、彼はつき合ってくれた。

太陽が高く上る中、日陰のないお墓での作業は、たちまち体の水分を奪われていく。小まめに水分補給しながら、私は墓石をこすり、蓮君は草取りに励んでいた。

夏でも冷たい感触の墓石の下に、お母さんの存在は感じられない。やっぱり私達の魂は、死んだらあのハクモクレンへと還っていくんだろうな。

ふと脇に目をやると、蓮君が墓碑《ぼひ》の前にしゃがみこんで、熱心にそれを読みこんでいた。

「どうかした？」

「いや……花守家の女の人は、みんな早逝《そうせい》してるんだなと思って」

黒い石の墓碑に記された名前の最初は、ひいひいおばあちゃんのものだ。間に旦那さんを挟みながら、ひいおばあちゃん、おばあちゃん、お母さんと続く。女の人は誰もが、二十代で亡くなっていた。

「たまたまだよ」

体は太陽の熱に焼かれているのに、背中を冷たい汗が流れていく。

「ひばりのお母さんは、ひばりが生まれた時に亡くなったんだよな」

「そうだよ」

詳しい死因を聞かれたら、嘘をつき通せる自信がなかった。けれども蓮君はそれっきり興味をなくしたようで、また草取りに戻っていった。

墓石を磨きながら、私は安堵のため息をもらした。


いよいよ明日、蓮君が帰るという日の夕方だった。夕日を見にハクモクレンの丘に上がると、蓮君が何かを拾い上げた。

羽を畳んで固くなった、セミの死骸だった。

「メス」と一言、蓮君がつぶやく。

二人で木の根元にセミの死骸を埋めて、手を合わせた。太陽がゆっくりと傾いていき、西の空が素晴らしい茜色に染まっていく。

「昔、カブトムシ飼ってたんだけどさ。メスは卵産むと、力尽きたように死んじゃうんだよな。さっきのセミも、産卵して、力使い果たしたんだろうな」

「昆虫は、大体そうじゃない」

「だな。トンボもカマキリも、メスは大概卵を産んだら死んでしまう。子供は生まれた時から、自分で餌を探して一匹で生きて行かなきゃならない」

母親の顔も知らず、何も教えてもらえず、誰にも助けてもらわずに、虫達は一匹だけで生きていくのだ。

「私が虫に親近感持ったのも、そういうとこかもしれない。お母さんいなくても、ちゃんと生きていけるんだって」

小さなころ、よそのお母さんを見るのが辛い時期があった。子供がお母さんに甘えている姿を見ると、自分にないものを見せつけられているようだった。

昆虫は生まれた時からお母さんがいない。母親がいなくても、立派に生きていく。

「ハサミムシのお母さんの話、知ってる？」

私が首を振ると、蓮君は教えてくれた。

「ハサミムシのメスは卵を産んだ後も、卵につきっきりで外敵に食べられないように卵を守るんだ。卵が孵るまで飲まず食わずで。そして卵から子供達が孵った時、最初の食料になるのは何だと思う？」

私はもう一度、首を振る。

「母親だよ。力尽きた母親の体が、子供達の餌になるんだ。ハサミムシは肉食だけど、子供達はまだ、獲物を捕まえられるほど大きくない。目の前にある母親の体を糧にして、巣立って行くんだ。命を繋ぐって、壮絶だよなあ」

うかつにも、目から涙がこぼれ落ちていた。

その、ハサミムシの生き方が、花守の娘達と重なってしまって。

子供が産まれた時が、自分の命の尽きる時。それでもみんな、私まで命を繋いでくれた。

その繋いできた命が、私のところで終わったとしたら？

「ごめん、無神経な話したな」
蓮君が私の頭をそっと撫でてくれる。
蓮君はきっと、私がお母さんのことを想って泣いていると思っているんだろう。
正解だけど、正解じゃない。
蓮君に言えるはずがなかった。
花守の娘の運命のことを。
彼と少しでも長く一緒にいたい。
だけど、彼を私の運命に巻きこむわけにはいかない。
蓮君には、穏やかでごく普通の家庭を持ってもらいたかった。
きっと彼のご両親だって、それを願っているはずだから。
好きだけど。好きだから。
そう遠くない未来、彼にお別れを言わなければならなかった。
恋人のいる冬は、いつもより少しだけ暖かく感じた。
お正月の帰省は早めに切り上げて、蓮君と待ち合わせて少し遅い初詣でに向かった。

盛岡八幡宮《はちまんぐう》は、前々から行きたいと思いながら行けないでいた場所だった。バスから降りると、大きな鳥居が目に入る。

お正月と呼べる時期はもう過ぎていたけど、日曜日だからか参道にはずらりと出店が並んでいた。湯気がもうもうと立っていて、見ているだけでほっこりとする。

白い息を吐きながら、手袋をした手を繋いで蓮君と石段を登っていった。きれいに雪かきされた境内には、参拝する人達が列を作っていた。私達もその後ろについて、おしゃべりしながら順番を待つ。

「蓮君は院に進むの？　そろそろ決めなきゃいけないでしょ」

四年生を前にしたこの時期は、クラスメイトと顔を合わせてもこの話になる。

「ひばりは？　院には行かないんだっけ？」

「うん。里に帰って、家の仕事するよ。おじいちゃんも年だから、畑に出るのしんどそうだし」

「教授には、院に行くの勧められてるんだ」

ああ、やっぱりと思う。

蓮君は研究者に向いていると思う。地道にコツコツとデータを積み重ねて、結果を導き出していくことができる人だ。

「でも……」

蓮君が何かを言いかけた時、参拝の順番が来た。二人で一緒に鈴を鳴らして、二礼二拍手をしてお願い事をする。

せっかくお参りに来たのに、頭に浮かんだ願い事を取り消さなければならなかった。

来年も蓮君と一緒にここに来られますように。

私達に来年なんて、ないかもしれない。

ぐずぐず考えているうちに時間が経ってしまい、結局何も願わないまま目を開けてしまう。

「おみくじ引いていこうか。そうだ。知ってる？　ここ、鯛みくじってのがあるんだよ」

蓮君に手を引かれて行った先に、たくさんの赤と金の鯛が詰めこまれた台があった。蓮君が短めの釣り竿のような物を取り上げて、「これで釣るんだよ」と教えてくれる。

料金を箱に入れて、釣り竿を手にした。糸の先は磁石になっていて、それが鯛の口先にくっつくようになっているらしい。

赤い鯛を狙って糸を垂らすと、うまく磁石がくっついた。そのまま落とさないように釣り上げる。蓮君は金色の鯛を釣り上げていた。

鯛の口の中に丸まったおみくじが入っているので、それを抜き取って開いてみる。二人で「せーの」で見せ合うと、お揃いで吉だった。

「おみくじ、結んでく？」

「ううん、持って帰る」

鯛の口に元通り収めて、大事にバッグにしまった。きっと、こういう小さな物達が、後々私をなぐさめてくれると思うから。

絵馬がたくさんぶら下がっている場所の後ろに回ってみると、幹の太い立派な木があった。その下をふと見ると、ポツンと一つだけ敷石がある。玉砂利をていねいに足で取りのぞいてみると、敷石の形があらわになった。

「見て見て、この石」

手招きすると蓮君が寄って来て、敷石を見て笑顔になった。

「何これ、ハート？」

「ね。ハートだよね」

それはハート型の敷石だった。

「恋愛のご利益がありそうだね」

「じゃあ、一緒に乗ってみる？」

いたずら小僧みたいな顔で言う蓮君の誘いに乗ってみる。

石の大きい部分に、お互いの片足を乗せてみる。もう片足は爪先しか乗せられなくて、バランスを崩しそうになる。

二人でキャアキャア言いながら、抱きつき合うはめになった。絵馬が目隠しになっているのをいいことに、蓮君が私をギュウッと抱きしめる。

（今だけ。今だけ）

おまじないみたいに唱えながら、私も抱きしめ返した。昼間でも息が真っ白になる世界で、蓮君の温かさに私は包まれた。

この温もりも、蓮君の声も、コートの匂いも、全部覚えていよう。

いつか彼が隣にいなくなっても、思い出だけで生きて行けるように。

雪解けが進んでくると地面はぬかるみ、植物園の植えこみの影にフクジュソウやクロッカスが花開くようになる。

無邪気なその姿に、思わず手を触れて声を聴いてみると、言葉には換えられないような歌声が響いてきた。まだ言葉を知らない赤ちゃんが、歌を歌っているようだ。

「何て言ってる？」

蓮君が隣にしゃがみこんで、私の顔を覗きこむ。

「言葉じゃない。歌ってる。しゃべりだす前の子供みたいな」

「ああ、あれな。ぴゃーとかぶーとか繰り返してる時期」

私の力のことを何の疑問もなく受け入れている彼に、私のほうが首を傾げてしまう。

「何？」

「何ですんなり受け入れられるの？　私のこの……特異体質」

「そうだなあ」

空を見上げてしばし考えこんでいた蓮君は、「寄生虫」とポツリと言った。

「寄生虫って、宿主を自分に都合のいいように動かしちゃうだろ。ああいう力知ってるから、植物にだって何かの力があってもおかしくないって思えるんだよな」

（あれ、それって……）

「すごいのは、植物のほうってこと？」

「え？　ひばりがすごいの？」

顔を見合わせて、お互いにふき出していた。

普通とは違うことがずっとコンプレックスだったけど、こんな風に言われてしまうと、この力も当たり前のもののように思えてくる。

だけど……。

花守の娘のもう一つの秘密を知ってしまったら、彼だってきっとこんな風には笑っていられないのだろう。

陽ざしの金色具合が日に日に濃くなり、ハクモクレンの蕾が膨らんでいくのを見るたびに、私は自分がバトンを持っているんだっていうことを思い出す。

今は私がバトンを持って生きる番。その前はお母さんが。その前はおばあちゃんが。

私がバトンを渡さなければ、そのバトンはどうなるのだろう。私が死んだ瞬間に、消滅して終わりになるのだろうか。

それでもいいのかもしれない。お母さんだって、言ってくれた。

『あなたが今持っている命を、どれだけ使うかはあなたが決めることです』

私の考えはやっぱり変わらない。

結婚もせず、子供も作らず、里に帰って一人で生きて行こう。

誰も巻きこまず、私だけで完結する人生。

だからもう、蓮君ともお別れしよう。


五月になると農研《のうけん》センターで、ナノハナ畑が公開される。年に一度の二日間だけの公開で、毎年見たいと思いながら見逃してしまっていた。

そこを見に行こうと、蓮君を誘った。

そこで蓮君に別れを告げようと決めた。


五月なのに、もう初夏のような日差しの強い日だった。

蓮君と一緒に自転車で街中を走り、北の方へと向かう。

農研の敷地に入ると、案内に従って小道を進み、やがて景色の一部が黄色に染まった。

「ありえない、黄色」

思わずそうつぶやいてしまう。空があって、岩手山があって、その下が黄色に塗りつぶされている。まるで、幼稚園児の描いた絵だ。

自転車を降りて、刈られた草の上を歩いていく。近づくほどに、視界を占める黄色が広がっていく。

花に群がるミツバチがブンブンと羽音を立て、遠くからヒバリのさえずりも聞こえてくる。

花の周りを歩く人達は、みんな幸せそうだった。私達もきっと、他の人から見たら幸せそうなカップルなのだろう。

蓮君と手を繋いで、ゆっくりと草の上を歩いていく。この骨ばった指の感触も、温かさも、今日で終わりだ。

「俺さ、院には進まないことにした」

周りに人気《ひとけ》がなくなったところで、突然蓮君がそんなことを言い出して、私は足を止めた。

「どうして？　教授にも勧められてたんでしょ」

四年生になった蓮君は、ゼミで教授に頼りにされる存在になっていた。蓮君なら、大学に残って研究者を続ける道もあるだろうに。

「大学いなくても、昆虫の勉強はできるなって、気づいて」

「じゃあ、卒業したら、何するの？」

「いなかで、農業、かな」

「え、農業？　どこで」

首をかしげる私の前に、蓮君は突然ひざまずいた。そしてポケットから、小さな銀色のものを取り出して、私の目の前に差し出す。

「俺を、ひばりのお婿さんにしてほしい」

蓮君の指先にあるのは、小さなダイヤのはめられた、銀色の指輪だった。五月の陽ざしを受けて、小さな石が星のようにきらめく。

「え、え、え」

目の前で何が起きているのか、頭では理解できるのに感情が拒否し続けて、私はパニック状態だった。

嬉しさが体中を駆け抜けていくのに、自分の冷静な部分が、ブレーキを踏んでいる。ブレーキを踏み過ぎて、火花まで散っている。

(ダメ、ダメ、ダメ！)

喜びに流されてはいけない。恋心に体を支配されてはいけない。

彼のこれからの人生を思ったら、ここできっぱりと断らなきゃいけないんだ。

私は知ってる。お父さんが、どんな風に私を育ててくれたか。私が一人前にあれこれできるようになるまで、お父さんに自分の時間なんてなかった。お母さんの分まで愛情を注ごうと、料理も裁縫だって頑張ってくれた。

蓮君には、そんな大変な思いをさせたくない。余計な苦労も悲しみも、背負わせたくない。奥さんがいて、子供がいて、そんな普通の家庭を、蓮君には築いてほしい。

「無理です。ごめんなさい」

指輪を差し出したままの彼に、私は頭を下げた。彼の顔を見られない。

「断るのなら、理由を教えて」

「うちは、婿養子じゃないと……」

「だから、お婿さんに入るって言ってる。俺は知っての通り親もいないから、止める人だっていない」

「蓮君には、可能性がある。いなかに引っこんで農業なんて、もったいないよ」

「俺がそれを望んでるんだ。里にいたって、やれることはたくさんあるし、あそこじゃなきゃやれないことだってある」

「うち、お金ないよ？」

蓮君が、プッとふきだす声がした。

「玉《たま》の輿《こし》なんて、狙ってないよ」

「後は……」

頭の中で必死に、断りの理由を考える。蓮君を傷つける言葉も嘘も言いたくなくて、どんどん私は追い詰められていく。

「ひばりと、家族になりたい。それだけなんだ」

ようやく顔を上げて、蓮君を見つめる。私を見る真っすぐで真摯な眼差し。少しだけ微笑んでいる唇。見ているだけで胸が熱くなってくる、大好きな人の姿。

私も、蓮君と家族になりたかった。蓮君とずっと一緒に生きていきたい。

それでも、何も言わずに結婚して、もし、蓮君が子供を欲しいと望んだら？

私か、子供か、という選択を、彼にさせるの？

言わなきゃ、と思った。

花守の娘の運命のことを、彼に言っておかなくては。

「私、花守の娘なの」

「知ってる」

「花守の娘は、ハクモクレンの娘の血を引いていて」

「うん」

「私、子供は産まないつもりなの」

「いいよ」

あまりにも蓮君が物わかりのいい返事ばかりするので、不信感が顔に出てしまったのだろう。蓮君が「違う違う」と首を振る。

「適当な返事してるんじゃないよ。多分、こういうことだろうなって、わかってる」

「わかってるって、何を？」

もしかして、和志か絵美ちゃんが、何かを教えてしまったんだろうか。

だけど、蓮君の口から出たのは、意外な言葉だった。

「オシラサマが、教えてくれたんだ」

「オシラサマ？」

二年前のあの夏のことを思い出す。蓮君が、オシラサマから告げられた予言のことを。

「ひばりになら、言ってもいいのかな」

立ち上がりながら、独り言のように言って、蓮君は教えてくれた。

「あの夜、オシラサマにこう言われたんだ。『おめさんは、将来婿に入るども、嫁さんは子供産んだら死んでしまう』」

頭の中で花火が弾けたような衝撃を受けた。まさか、あの時の予言がそんな内容だったなんて、想像もしていなかった。

「その予言のこと考えてたら、ハクモクレンの娘の昔話を思い出したんだ。あの話で若者が二番目に望んだのは、ひょっとしたら子供だったのかなと思い至って、お嫁さんがいなくなったっていうのは死んでしまったってことかなって考えたら、ひばりのお母さんがひばりを産んだ時に亡くなったってことを思い出した。墓碑で見た花守家の女の人達は、みんな若い時に亡くなってたし」

ちりばめられた事柄を繋いでいって、蓮君は誰にも教わらずに花守の娘の秘密に辿り着いていたのだ。

「俺が結婚するとしたら、ひばりしか考えられないって、そのころから考えてた。だから、ひばりは子供を産んだら、死んでしまう運命なのかなって思ったんだ」

胸に溜まったものを吐き出すようにそこまで言って、蓮君は私を見た。

「正解？」

いつもと変わらない茶目っ気のある言い方に、私は泣きたくなる。

「正解」

「子供産んだら、死ぬんだ」

「そう。ハクモクレンから命を分けてもらっている花守の娘は、この世に一人しか存在できないの。私が生まれた瞬間に、お母さんは命を落とした。そうやって、ずっと花守の娘は命を繋いできたのよ」

「そっか。昔話が現代まで続いてきたんだな」

こんな話を、すんなりと受け入れている蓮君が私にとっては理解不能だった。

「受け入れちゃうの？」

「だって、事実なんだろう」

「そうだけど……」

「オシラサマの予言を聞いてから、ずっとあれこれ考えて来たんだ。もし自分の考えが正しくて、ひばりが子供を産んだら死ぬ運命だったとしたら、俺はどうするんだろうって。今までずっと考えて、それで出た結論がさっきのプロポーズなんだ」

また、さっきの喜びの感情が体に流れこんでくる。

私の運命のことを知っていて、ちゃんと考えて、それでも蓮君は私と結婚したいと言ってくれたんだ。

「私、子供は産まないつもりなの」

さっきと同じことを言うと、さっきと同じセリフを蓮君は返してくれた。

「いいよ」

「後悔しない？」

「しないよ。何があっても、ひばりと一緒に生きていくって覚悟を、もう決めてしまったんだ」

もう一度蓮君はひざまずき、私の前に指輪を差し出した。

「俺の家族になってください」

これを受け取ってしまったら、もう後戻りはできない。蓮君から、奥さんと子供のいる幸せな家庭のある未来を奪ってしまうことになる。

それでも、私も蓮君と一緒に生きていきたい。エゴだと糾弾《きゅうだん》されることになっても。

「わ、私でよければ」

震える手を差し出した。蓮君がうやうやしく左手を取り、薬指に指輪をはめてくれる。

「よっしゃー！」

雄たけびを上げながら蓮君は私を抱きしめた。

蓮君の背中越しに、打ち寄せる波のような黄色のナノハナが揺れていた。

爪の先まで幸福に包まれながら、これから何度もこの光景を思い出すだろうと考えた。

迷った時、辛い時、この光景を思い出そう。

こんなにも、私を必要としてくれる人がいることを、忘れないようにしよう。

第八章　ウエディングドレス

大学を卒業したら、里で結婚式を挙げる約束をして、私達はひとまず卒業に向けて努力することになった。ここで留年して私だけが大学に残ることになったら、蓮君に顔向けできない。

卒論のための研究テーマを決め、地道にデータを取り、資料を読み、単位を落とさないよう課題をこなす毎日だった。

夏休みも論文の準備に忙しく、今年は実家の手伝いもできそうになかった。それでも八月の後半には里に行く予定があった。

和志と絵美ちゃんのカフェが、やっとオープンするのだ。

今年は晴れて二人一緒に里に向かうことになった。レンタカーを蓮君が運転し、途中で子供のころから好きなジェラート屋さんに寄ったりして、のんびりドライブしながら里へ到着する。

まだお父さん達には結婚することを伝えていなかったから、まずはそのお願いからだった。お父さんのお許しがなければ、婿入りはできないだろう。

この日のために蓮君は、親へのあいさつの仕方を調べ、今日はスーツで来ていた。スーツ姿で現れた蓮君に、お父さんとおじいちゃんも何かを察したらしい。

まずは居間に通されて、座卓を前に向き合う。

先延ばしにしたくなかったのだろう。蓮君は座布団を断って、いきなり二人に頭を下げた。

「大学を卒業したら、ひばりさんと結婚させてください」

ドラマや映画では何度も見たことのあるシーンだったけど、私のために頭を下げてくれる人がいるということに、胸の底から温かなものがこみあげてきた。泣きそうになりながらも、私も一緒に頭を下げる。

「うちは、お婿さん希望だけど、蓮君は長男？」

「長男ですが、両親は自分が小学生の時に亡くなりました。継ぐべき家はありません」

お父さんが息を呑む気配がした。

「二人とも、頭を上げて」

ゆっくりと顔を上げると、いつもの泣きそうな顔のお父さんがそこにいた。

「二人が話し合って決めたことなら、僕が言うことはなにもないよ」

お父さんが居住まいを正して、蓮君に頭を下げる。

「どうか、ひばりをよろしくお願いします」

顔を上げたお父さんの頬には、涙が流れていた。

「ひばりは生涯独り身かもしれないって、覚悟してたんだよ。納得して婿入りしてくれる人が現れるなんて、奇跡みたいだ」

「奇跡は言い過ぎでしょ。私が何の魅力もない女みたいじゃない」

「いやだって、虫ばっかり追いかけてたから。本当に……こんな日が来るなんてなあ」

しみじみと言いながら、またお父さんは涙を流した。

私はまた一つ、成長の階段を上ってしまったんだなと、その涙を見ながら思った。

婚約者ということで、今回は堂々と蓮君を家に泊めることができる。

　翌日はもう、カフェのオープンパーティの日だった。

　二人が決めたカフェの名前は『シロツメクサ』だった。絵美ちゃんがいつも野原で冠を作っていた花の名前だ。

　パーティというくらいだから、それなりの格好をしなくてはまずいだろうと、レモン色のワンピースを買っておいた。それに天然石のネックレスを合わせて、蓮君と一緒に歩いて向かう。

　半年ぶりに見るカフェは、ちゃんとお店らしくなっていた。敷地の入り口には、和志が店の名前と花模様とを透かし彫りにした、おしゃれな木の看板がかかっている。

　庭には花壇があって、シロツメクサはもちろん、絵美ちゃんの好きそうな小さなパステルカラーの花が咲いていた。

　庭木も何本かあるけれど、まだどれも今年植えたばかりのようで、背が低い。その寂しさを補うように、鉢植えの背の高い観葉植物が置かれ、あちこちに花の詰まったコンテナが置かれている。ブルーサルビア、ペチュニア、ミニヒマワリ。そのどれもが、夏の陽ざしに明るく輝いている。

　お店の前には茶色のサンシェードが張られて、丸いテーブルが幾つか並んでいた。

　お客さんも集まり始めていた。みんな見覚えのある里の人達だ。お客さんを案内していた絵美ちゃんが、私達に気づいて駆け寄って来た。

「来てくれてありがとう」

「オープンおめでとう。はい、これ、お祝いのワイン」

「きゃー、ありがとう。和志君が喜ぶ」

　絵美ちゃんは紺地に白の花模様を散らしたワンピースを着ていた。その上に店名の入ったグレーのエプロン。隅に小さなシロツメクサの刺《し》繍《しゅう》が入っている。

　しばらく庭でくつろいでいると、料理が運ばれて来た。ホウレンソウがたっぷりと入ったキッシュに、鶏もも肉の香草焼き。夏野菜のパスタに、ナスの田楽風オーブン焼き。見た目も鮮やかで、食べてももちろん美味だ。

「インスタ映えしそうだね」

　そう言うと、絵美ちゃんが嬉しそうに笑う。

「それ狙ってるんだけどね、困ったことにこの辺にはインスタやってる人いないのよね」

「蓮君やってる?」

「やってない。ひばりは？」

「もちろんやってない」

そこで絵美ちゃんと交代して、和志が庭にやって来た。一通りお客さんにあいさつをして、最後に私達のところに来る。

「ワインありがとう。どうだ、料理の味は」

「もちろんおいしいよ。お客さん来てくれるといいね」

「しばらくは、近くでイベントがあったら出店しようと思ってるんだ。まずは店があることを、知ってもらわないとな」

食事が少し落ち着いたところで、お楽しみのデザートタイムだった。

前にも食べたメロンのゼリーとパンナコッタ。スイカのシャーベット。ブルーベリーのタルト。テーブルに並ぶと、宝石が飾られたように一度に華やかになる。

パーティに参加した人達はみんな幸せそうな顔でデザートを食べ、庭を散策している。お店の中の方ではお年寄り達が、キッシュやパスタを食べながらいつもの井戸端会議を始めていた。

和志と絵美ちゃんの夢が、やっと動き出した、記念すべき日だった。

その日の夜、オープンパーティの打ち上げということで、四人だけで乾杯した。男性陣はワインで、私達はオレンジジュースだ。

昼間の賑わいが夢だったように、カフェの中は静かな空気に満ちている。幾つかランタンが置かれて、そのロウソクの匂いや揺らぐ明かりが不思議な雰囲気を作り出していた。棚に飾られている、和志が手彫りした小鳥やリスやイタチが、こっそりと動いているような気になる。

お疲れ様とおめでとうをひと通り言い終えると、私は蓮君に目配せした。そっちが言えという顔をされるけど、気づかないふりをする。

「実は、俺達、結婚することにしたんだ」

和志と絵美ちゃんの悲鳴なのか歓声なのかが響き、しばらく質問攻めが続いた。

「婿入り決めたのか？」

「式はいつ？　和風？　あ、そっか、ひばりちゃんとこは、独特なんだった」

興奮したように訊ねてくる二人をまあまあと落ち着かせて、一つ一つ答えていく。

「婿養子に入るって、決めたよ」

「式は大学卒業したらの予定だから……来年の春ごろ？」

まだそこまで具体的に話し合っていなかったので、蓮君に確認する。

「ハクモクレンが咲いてるころがいいって、おじさんが言ってたよ」

「じゃあ、その辺り」

絵美ちゃんが何かを思いついたように、手を叩いた。

「ねえ、式の後のお披露目会、うちのカフェでやろうよ。庭にいっぱいテーブル並べるの」

「いいねえ、それ。お父さんに相談してみる」

「カフェでパーティなら、ドレスだよね。お色直しできるじゃない」

絵美ちゃんの提案に、胸がくすぐられる。花守家の結婚式は白無垢《しろむく》という決まりがあるから、ウエディングドレスは一生着られないんだとあきらめていた。でも、お色直しという手があったのだ。

「ガーデンパーティにするなら、ドレスも短めなのがいいよね。ヴェールもいいけど、花冠もかわいいかも」

自分のことのようにうっとりと語る絵美ちゃんを見ていて、はたと思い至った。

「ごめん、私達のことばかりで。和志と絵美ちゃんは？　結婚式挙げないの？」

和志と絵美ちゃんは顔を見合わせて、お互いに困ったように笑った。

「店開くので、大分貯金使っちゃったからな。運転資金も必要だし」

「籍だけ入れようかって、話してたの」

「じゃあ、俺達と合同でお披露目会したらどうだ？」

蓮君の提案に、一瞬場がしんと静まり返る。

「できる？」

「できるかな？」

「里のみんなの協力必須」

「お願いしようよ、そこは」

口に拳を当てて考えてみる。自分達の衣装さえなんとかすれば、後はみんなに協力してもらってできるはず。

「できる」

私が言い切ると、絵美ちゃんの顔がパッと華やいだ。やっぱり絵美ちゃんも、ウエディングドレスが着たかったんだ。

「衣装が用意できれば、やれるよ。色々調べてみよう」

「店開いたばっかりなのに、また忙しくなるな」

困ったような口調のくせに、和志の顔には隠し切れないワクワクが滲み出ていた。


里にいる間は毎日、お茶を飲みにカフェに通った。

開店したばかりなので、里の人達や周りの地域の人が珍しがって来てくれている。しばらくは、この状態が続くだろうけど、どうキープしていくかが問題だと、和志が語っていた。

お店は靴を脱いで上がった所に、大きなテーブル席が三つ。土間に二人掛けのテーブル席が二つある。それに、厨房に面したカウンター席が四つ。私と蓮君はいつもカウンター席に座って、作業する和志達とおしゃべりしていた。

その日もカウンター席でカフェオレを飲み終えて、そろそろ帰ろうかと思っていた時。絵美ちゃんに手を引かれた。

「ちょっと相談があるんだけど、上にいい？」

上というのは、屋根裏のことだ。梯子《はしご》に近い階段を手も使いながら登ると、普通の屋根裏よりは大分広い空間に出た。窓からの明かりも十分で、なかなか快適な空間だった。

「あのね、パーティのドレスのことなんだけど」

絵美ちゃんはもじもじとしながら、自分のスマホを取り出す。

「いいの見つかった？」

「うん、こういうの、どうかなって」

絵美ちゃんが見せてくれたのは、ずいぶんシンプルなドレスの写真だった。肩と袖が控えめなレースで覆われていて、あとは何の飾りもない。スカートはふわりと広がって、くるぶしが覗くくらいの丈だった。

確かに予算的にはありだったけど、シンプル過ぎないだろうか。

「結婚式のドレスにしては、シンプル過ぎない？」

率直な感想を言うと、絵美ちゃんもうんとうなずく。

「このままだとね。これをね、自分達で飾りつけるのはどうかな？」

「ああ、絵美ちゃん器用だから、できそうだね」

「ひばりちゃんも」

「え？」

「一緒に、やらない？　できればね、私がひばりちゃんのドレスのアレンジをやるから、ひばりちゃんには私のドレスを飾ってもらいたいんだけど」

「え、えー？」

突然の提案に、まず浮かんだのは卒論のことだった。でも卒論は年明けには手を離れるだろう。それが終われば、時間は空く。

もう一つの懸念は、私にできるのか、ということだった。

「私、あんまり裁縫したことないけど、針と糸が使える程度だよ。大丈夫かな？」

「ビーズみたいなものを、縫いつけていくだけでも無理かな？」

「あ、それなら、行けそう」

「お願いしても、いい？」

手を合わせて私を見上げる絵美ちゃんがあんまりいじらしくて、ダメなんて言えなかった。

「いいよ。引き受ける。絵美ちゃんも、私のドレスお願いね」

「ああ、よかった。じゃあ、これ、二着注文するね」

胸に手を置いて、心底ほっとしたように絵美ちゃんが微笑む。

「ヴェールはどうする？　パーティだから、ないほうがいいのかな」

「おそろいで、花冠にする?」

「絵美ちゃんは似合うだろうけど、私はどうかなあ」

「ひばりちゃんだって、絶対お花似合うよ。やろうよ」

「うーん、ひとまず保留」

お店が忙しくなってきたのか、階下から絵美ちゃんを呼ぶ和志の声がして、私は家に帰ることにした。


盛岡に戻ると、また卒論の準備とデータ集めの日々が待っていた。その合間に結婚情報誌を読むのが、私の楽しみになっていた。

ドレスのデザインのヒントを得るために、カタログやネットも見て回った。ドレスを何着も見ているうちに、頭の中でイメージが固まってくる。

空き時間を使って今度は、高級そうに見えつつも値の張らないアイテムを探した。絵美ちゃんには絶対真珠が似合うから、パールのビーズは外せない。それに華やかさを足したいから、スワロフスキーのビーズはどうだろう。

ネットで幾つもショップを見て回り、私の中でアイディアが固まった。

小ぶりなパールを一粒真ん中に置き、その周りに花びらのようにスワロフスキーのビーズを置く。それをスカート部分にたくさん縫いつけていくのだ。

それを身に着けた絵美ちゃんの姿を想像すると、自分のこと以上にうれしくなった。その日を迎えることを楽しみに、まずは目の前の卒論に全力で取り組むことにした。

秋になり、絵美ちゃんからドレスが送られてきた。注文していたビーズも届き始めて、スカートの上にビーズを並べてみると思ったとおりのかわいさだった。部屋の隅にドレスを吊るして、それを励みにパソコンに向かって論文を打ちこんでいった。

地面を雪が覆いつくすころ、やっと論文が書き上がった。読み返して直してを繰り返すうち、あっという間に年の瀬が近づいて来る。お正月返上で論文を完成させ、休み明けすぐに大学に提出した。

卒論が終わったら、ビーズの縫いつけだった。生地を傷めないように、配置のバランスを考えながら、チクチクとビーズを縫いつけていく。白い生地の上で輝くスワロフスキーを見ていると、いつかの雪の朝のことを思い出した。

絵美ちゃんとの思い出を振り返りながら、絵美ちゃんの幸せを願いながら、地道な作業は続いた。

絵美ちゃんとメールで打ち合わせしながら、自分の髪形やアクセサリー類も決めていかなくてはならなかった。絵美ちゃんが真珠のアクセサリーを身に着けるというので、私も家にある真珠を身に着けることにした。祖母の代から使われてきた、年代物の本真珠のネックレスとイヤリングだ。

髪型はカタログを見ながら悩み続け、結局花冠は照れくさくてやめることにした。髪を編みこんでまとめて、横に生花を飾ることにする。

スカート全体がビーズで埋め尽くされてきたころ、外は水と土の匂いがするようになり、卒業式の日がやって来た。

結婚式の準備でいっぱいいっぱいだったのと、予算的にも苦しかったので、卒業式には黒スーツで参加することにした。

友人達はみんな着物に袴姿で、髪も美容院でセットしてきたらしい。華やかなみんなの姿に気後《きおく》れして、私は式の後の写真撮影にも加わらず、どのタイミングで帰ろうかと隅っこで窺っていた。

「何で、隅っこにいるの」

声をかけてきたのは、蓮君だった。私の前まで進んでくると、いきなり背中に隠し持っていた花束を差し出す。

「卒業おめでとう」

色とりどりのバラにカーネーションとトルコギキョウを合わせた、豪華な花束だった。受け取ると、モノトーンの自分の姿が、瞬時に色鮮やかに染まっていく気がする。

「ありがとう。蓮君も卒業おめでとう」

「おいで」

蓮君は私の手を取ると、クラスメイトの輪の中に入っていった。

「みんなに報告があります」

蓮君が声を張り上げると、その周りだけしんと静かになる。その中に、蓮君の声が響いた。

「俺とひばり、この春結婚します」

蓮君の言葉が一滴落ちて、それが水紋のように広がる様が見えるようだった。みんなの表情が驚きに変わり、開いた口から次々に悲鳴や歓声が飛び出す。それが最後には一つの言葉になった。

「おめでとう！」

わっと、クラスメイトが私達を取り囲む。友人達が次々と抱きついてきて、もみくちゃにされる。

蓮君はと言えば、男子の群れに担ぎ上げられ、胴上げされていた。卒業式ではあまり見ることのない光景に、何事かと他の人達も注目している。

やっと床に下ろされた蓮君は、よれよれになったスーツ姿で、私の元に辿り着いた。

「俺達、幸せになります」

蓮君が宣言すると、拍手が私達を包みこんだ。

第九章　佳《よ》き日に

レンタカーのトラックを借りて引っ越しをすませ、蓮君は晴れて里の住人となった。

馴染んだ我が家に蓮君が住んでいるというのは、何とも言えない不思議な感覚だった。台所で用事をすませて居間に入って蓮君が座っているのを見るたびに、ギクッとなってしまう。すぐに慣れる光景だろうけど。

結婚式の準備は着々と進んでいた。式自体は神主《かんぬし》さんや里のお年寄り達が取り仕切ってくれるので、私達は衣装合わせをして段取りを覚えておくだけだ。

お披露目パーティは、カフェのオーナーである和志と絵美ちゃんが主役となるのだから、料理をどうするかが問題だった。前日にケーキと日持ちする料理だけ二人が作ることにして、後は里の奥様方にお願いすることになった。

髪型とメイクは里に一人だけいる美容師さんにお願いすることにして、花冠とブーケは絵美ちゃんが手作りすることに決まった。

そして、その日がやって来た。

ハクモクレンが咲くと、気配でわかる。最初の一輪が開いた時から、空気が華やいで木が歌う気配が終始感じられる。それは耳に届くものではなくて、肌で感じる類のものだった。

ハクモクレンの気配に包まれながら、私はその朝を迎えた。

白無垢の衣装を着つけてもらい、おしろいを塗り、紅《べに》を差し、綿帽子を被ると、写真で見たお母さんの花嫁姿と同じ姿が、鏡の向こうにあった。

部屋を出ていくとお父さんが、驚いたように立ちつくしている。

「お母さんの花嫁姿にそっくりだ」

涙をこらえるようにして、お父さんが私の手を取って、外へと連れ出してくれる。

里の入り口にあるクスノキの前を出発した花婿行列は、ゆっくりとこちらに近づいてきていた。

黒い紋付きの羽織に袴をつけた男の人達が、列をなしてこちらにやってくる。

道沿いに咲く白いウメの花が、水中から浮かび上がる泡のようにプカプカと咲いていた。

里には、ソメイヨシノの木がないという話を、こんな時に思い出した。教えてくれたのは和志だった。

確かに里には八重桜や山桜はあっても、パッと咲いて一瞬で景色を変えるソメイヨシノの木はない。

理由を聞くと和志は口ごもったが、それでも教えてくれた。

『花守の娘を、連想させるから』

娘の時期にパッと花開いて、夫となる人と添い遂げ、子供を産んだら散る命。

確かに、ソメイヨシノに似ている。

私は、いつまで咲けるだろう。

赤い和傘がゆっくりと近づいて来る。その場所が、蓮君のいる場所だ。

私の前まで進んで来た蓮君が、目をすがめて声を出さずに『きれいだ』と口を動かす。私は唇だけで微笑んで、お父さんと一緒に列に加わる。

勝手知ったる丘を登り、花盛りのハクモクレンの前に蓮君と一緒に並ぶ。

花はどれもが盃のように膨らんで、春の光を中にいっぱい溜めこんでいた。ハクモクレンの枝のあちこちから、祝福の言葉が降って来る。

滞りなく儀式は進み、しきたり通りハクモクレンの花のついた枝を供える。手を合わせると、何かに重なった気がした。二十数年前、同じ姿でここで手を合わせたお母さんに。その更に前の、おばあちゃんに。私に命を繋いできた、たくさんの花守の娘達に重なり、その背中に連なっていくのだと感じた。真珠のネックレスの、一粒のように。


式が終われば、私は急いでお色直しだった。カフェは料理の仕度で慌ただしいので、着替えは絵美ちゃんと一緒に私の家ですることになっていた。

まずはお化粧を落とし、絵美ちゃんとお互いのドレスを交換する。どんなアレンジをしたのかは、二人とも今日初めて見るのだ。

ドレスを着て鏡の前に立つと、感嘆の声が漏れた。スカートのあちこちに縫いつけられたシフォンの生地は、ハクモクレンの花をかたどっている。キラキラ光る丸いビーズが花びらやスカートにちりばめられていて、朝露のようだった。

シンデレラになった気分で、クルリと回る。そこに絵美ちゃんが襖《ふすま》をノックした。

「入っていい？」

「いいよ」

そろりと入って来た絵美ちゃんは、私の姿を見て、安心したように胸に手を当てた。

「よかった。すごく似合ってる。どう？　おかしいところない？」

「あるわけないじゃん。すっごくきれい。ありがとう。絵美ちゃんも……」

言葉を切って、じっくりと絵美ちゃんのドレス姿を眺める。仕上がりにおかしなところがないか、糸が出ていたりしないかチェックして、うなずいた。

「絵美ちゃんもきれいだよ」

「うん、ありがとう。ごめんね、卒論で忙しい時に頼んじゃって。もっと、手を抜いてよかったのに」

「手抜きなんて、できるわけないじゃない。絵美ちゃんが着るウエディングドレスなんだから」

絵美ちゃんの顔がくしゃっとなって、私に抱きついて来る。

「ひばりちゃんが友達で、よかった」

「私も、絵美ちゃんがいてくれてよかった」

ひとしきり抱き合って、「準備しよっか」と笑い合う。

花嫁は忙しいのだ。

お化粧をしてもらい、髪を編みこんでもらって、予定通り白いバラの花をあちこちに差してもらった。

絵美ちゃんのメイクも完成した。絵美ちゃんが朝手作りしたという花冠は、白いカスミソウをベースにして、ピンクの小さなバラが散らしてある。絵美ちゃんは高校を卒業してから、ずっとふわふわのウェーブヘアなので、その髪型によく似合っていた。

ブーケの真ん中に使われているのは、お母さんが改良して命名した、イーハトーヴォの空というリンドウの花だった。岩手の夏の空をイメージした、透けるような空色の花だ。それを真ん中にして、周りを白や薄紅色のバラで囲んでいる。

司会者もいないパーティなので、音楽だけはかけてもらって、入場曲と共に一組ずつ登場する。

会場には、里中の人々が集まってくれていた。父方のおじいちゃんとおばあちゃんも来てくれている。子供の頃から知っている人達が、私達の姿を目にして歓声を上げ、笑顔で拍手してくれる。

堅苦しいパーティではないので、みんな好きに飲んで食べて踊ってもらうことになっていた。

テーブルに並ぶ料理は、和志の得意なキッシュに野菜の彩りがきれいなロールチキン、種類豊富なカナッペ。その他は里の奥様方の得意料理が並んでいる。お祝いごとにかかせない煮しめと赤飯のおにぎり。天ぷらもあれば鳥のから揚げもある。庭の端では炭をおこしてバーベキューも始まっていた。

私と蓮君は、各テーブルを回ってあいさつをしていった。これからここで暮らしていく蓮君の顔を、みんなに覚えてもらわなくてはならない。蓮君は次々とビールを注がれ、顔を真っ赤にし、途中からはノンアルコールのものに切り替えていた。

カフェの庭は少しだけ木々が育ち、花壇には絵美ちゃんの大好きなスミレやヒナギクが、庭を彩るリボンのように揺れている。伸び始めた芝の発光するような黄緑色に、絵美ちゃんの白いドレス姿がとても映えていた。

芝生の上で大黒舞《だいこくまい》やら神楽《かぐら》やらが踊られ、食事があらかた落ち着いたところで、ウエディングケーキの登場だった。

大きな台に載せられて運ばれてきたのは、横は一メートルくらいはありそうな、長方形のケーキだった。白いクリームで塗られた上にHappy weddingの文字と、それぞれの名前がチョコペンで書かれている。ケーキの端はイチゴとベリーで縁どられて、あちこちに食用のエディブル・フラワーが飾られていた。絵美ちゃんの、力作だった。

ケーキ入刀の儀式は恥ずかしかったけど、求められているのだから仕方ない。二組一緒に入刀して、ファーストバイトは絵美ちゃんと息を合わせて、お互いの新郎の顔をクリームだらけにしてあげた。

小さく切り分けられたケーキがみんなに配られて、絵美ちゃんのケーキがみんなを笑顔にしていく。絵美ちゃんと和志がその光景を見て、幸せそうに微笑んでいる。

「こういうの見たくて、店開いたんだよな」

「ね」

同意を一言で表した絵美ちゃんに、二人の絆が見えた気がした。

パーティがお開きになり、着替えもすませて、お腹も心もいっぱいのまま、私は蓮君と里を散歩していた。

　まだお酒の効いている蓮君は、しきりにニコニコとして、春の始めの里の景色を楽しんでいる。芽吹き始めた山々は、羽毛の生えかけた鳥のヒナのようで思わず撫でたくなる。

「あそこの家が松の上で、あっちの家が沢向かい、だろ？」

　蓮君が家を指さしながら言ったのは、その家の苗字ではなく屋号だった。屋号は苗字とは別にあるもので、里ではお互いを屋号で呼び合うことが多い。外から来た人にとって、このシステムはかなりややこしいことだと思う。

「覚えたの？」

「これ、お義父さんにもらったんだ」

　蓮君が取り出したのは、里の地図の上に各家の苗字と屋号とその由来が書かれたものだった。

　お父さんから聞いたことがあった。お父さんも里に来たばかりのころは、屋号と苗字と顔を一致させるのに苦労したのだという。

「和志のお父さんが、書いたものだって」

「ああ、そうだったんだ。それ、全部覚えるの？　大変じゃない？」

ここで育った私達が、少しずつ自然に覚えていったことを、蓮君は短い時間でやろうとしているのだ。大変に決まっている。

「大変だけど、就職して仕事関係の人覚えるのも、こんな感じだと思うよ。里に就職したつもりでやってみるよ」

面倒かけてごめんという気持ちで蓮君の手を握ると、力強く握り返してくる。

「両親を亡くしてから俺、ずっと体が浮いてるような心地だったんだ。どこに行っても落ち着かなくてさ。でも、ここなら、根を下ろして生きていける気がする」

できるなら、地面深くに根を下ろして、どっしりとした木に育っていってほしい。

「あ、そうだ。根を下ろすで思い出した。ちょっとつき合ってちょうだい」

いったん家に戻ると、私は小さなスコップを手に丘へ向かった。

「この辺りでいいかな」

丘の下の土の柔らかいところを見つけて、スコップで穴を掘っていく。

「何か埋めるの?」

「うん、種」

手のひらを開いて、蓮君にそれを示す。茶色くて平べったい、すべすべとした種だ。

「柿の種だよ」

「結婚式の記念？」

「それもあるけど……ちょうどいいと思って」

穴の底に種を置いて、土をかぶせていく。

「柿の木は種を植えてから育って実をつけるまで、八年から十年くらいかかるの」

「十年後に、何かあるの？」

蓮君の目が泳ぐ。幾つかのもしかしてが、その瞳の中に揺れて見える。

「この木に実がなったら、その時もう一度、話し合おう」

「話し合うって、何を？」

蓮君の目の中のもしかしてが、ひょっとしたら……と一つの候補に絞られていく。

「その時になっても、二人とも子供はいらないって思うかどうか」

「俺の考えは変わらないよ。十年経ったって――」

「私が、変わるかもしれない」
十五歳の誕生日に自分の運命を知った時は、恋をすることすら怖かった。一生独り身でいる覚悟をしたはずなのに、気がつけばこうして隣に夫となった蓮君がいる。

人は生きている限り、変わっていくものだ。私も蓮君も、どこで考えが変わるかわからない。

「いやだ」

蓮君が私の腕を握りしめた。

「ひばりがいなくなるなんて、耐えられない」

「まだまだ、先の話じゃない」

小さな子供みたいにしがみついてくる蓮君に、私は笑いかけた。

「八年になるか、十年になるかわからない。その時まで、お互いやり残したことがないように生きて行こうよ。お母さんがね、残してくれた動画の中で言ってたの。毎日を大切に過ごすように。明日命を終えることになるとしても、悔いのない毎日を過ごしてほしいって」

蓮君の手から力が抜けて、「確かになあ」とつぶやいた。

「父さんも母さんも、まさか自分達が死ぬなんて、あの朝は思いもしなかったんだろうな」

子供を産まなくたって、いつ事故や病気で死んでしまうかわからない。私も蓮君も、それは同じだ。

「一生懸命生きなきゃな」

「生きなきゃね」

今この瞬間も、どこかで命の尽きかけている人がいるかもしれない。その人は明日を生きることを痛切に願っているだろう。

明日が来ることが、当たり前だと思ってはいけないんだ。

第十章　祈る虫

里での初仕事となる田植えを、蓮君は難なくこなした。叔父さんの家にも田んぼがあったので、田植えも稲刈りも慣れたものなのだそうだ。

「頼もしいなあ」と口では言いながら、お父さんは内心悔しそうだった。婿入りした当初は、苗一つ満足に植えられなかったのだそうだ。

里中の田んぼに水が張られると、大きな湖が出現したようになる。その水鏡《みずかがみ》に新緑の山々や、春の空や雲が映りこむのを見るのが大好きだった。畔《あぜ》に咲くナノハナやタンポポやシバザクラが、春の色を振りまいている。

一度ここを出て戻ってきたからわかることだったけど、里の四季が私の体に寄り添うように身近に感じられる。

毎日を一生懸命、ていねいに。それを心でつぶやきながら、私と蓮君は日々を過ごしていった。お父さんに教わりながら、リンドウの植えつけや薬かけをやり、畑の草取りという地味だけど重要な仕事もした。

夏が来てリンドウが咲き出すと、日中は小屋に缶詰状態になる。ひたすらリンドウを選別して茎を切り、葉をむしり、束ねてゴムでくるという毎日だった。お盆前の出荷ラッシュが終わり、息抜きに二人で散歩していた時だった。里の端にある枯草ばかりの空き地に、佇む人を見つけた。和志のお父さんだった。

「おじさん、こんなところで何してるんですか？」

「ああ、ギンヤンマいないかなーと思って」

和志のお父さんも虫好きで、子供の頃はおじさんからカブトムシの罠の作り方や、幼虫の育て方まで教わったものだった。

「ギンヤンマ⁉」

蓮君が顔を輝かせる。

「ギンヤンマいるんですか、ここ。でもあれ、池で育つんですよね」

「そうそう、ここ、昔は池だったんだよ」

「うそ⁉　私が知ってる限り、この状態だったけど」

「俺が子供の頃は、池だったんだよ。ハスの花が浮かんでて、夏になるとギンヤンマやらルリボシヤンマがビュンビュン飛び交って、羽音がうるさいくらいだった。腹の銀色のところがピカピカッて光ってさ、まあきれいなんだ。捕まえるのは難しかったけど」

「何で池涸れちゃったんですか？」

「小川の流れが変わっちゃったんだろうなあ。俺もちゃんと調べたことなかったけど」

「ギンヤンマ……ルリボシ……ピカピカ」

蓮君がうわごとのようにつぶやき、「見たい！」と力強く叫んだ。


リンドウが一段落すれば、次はお彼岸向けの小菊が忙しくなる。また小屋に缶詰となり、茎を切り葉を取り、束ねてくくっての毎日だった。

彼岸が終わり花の作業が一段落ついたころ、蓮君は空き時間を見つけるとふっと家からいなくなるということが続いた。噂が一瞬で回っていく地域なので、蓮君が何をしているのかはすぐに私の耳にも届いた。例の池のあった場所や、その裏にある山に出入りしているようだった。更には和志の家にも入り浸っているらしい。

何をしているのか気になって、蓮君の後をつけてみることにした。

畑の仕事が一段落した午後、蓮君は「ちょっと歩いて来る」と言って、ふらりと出かけていく。その後ろをこっそりとついていった。

噂通り蓮君は、里のはずれにある池のあった場所へと辿り着いた。池のあった辺りを歩き回り、更にその奥にある薮の中へ入っていこうとする。そっちに行かれてはつけるのも大変だと判断して、声をかけることにした。

「何してるの？」

蓮君は一瞬ビクリと肩を跳ねさせて、振り返った。私を見つけても気まずそうな顔はしないので、悪さをしていたわけではないらしい。

「ついてきたの？」

「うん、何か、暗躍してるって噂を聞いて」

「人を忍者みたいに言うなよ」

「で、何してたの？」

「調査」

蓮君は今は枯草しかない場所を指さして、そう言った。

「調査？」

「うん、ここ、元々池だったんなら、どうにかして復活させられないかって、思って」

「ギンヤンマ、見たいの？」

「見たいだろ、そりゃ。見たくないの？」

「見たいね、それは」

蓮君はうれしそうにうなずいて、裏に続く山へ私を手招いた。山を登りながら説明してくれる。

「ここの山は持ち主が亡くなって、息子さんが継いだんだけど東京の方で暮らしているから、山の手入れなんてできずに放ったらかしなんだって。それで健二《けんじ》さん――和志のお父さんな――にお願いして交渉してもらって、山の手入れをする許可をもらったんだよ。無償でね」

「池を復活させるために、山を手入れするの？」

「健二さんの話だと、多分それでできるだろうって。ほら、ここに沢の跡があるだろ」

うっそうと木々が茂り、足元は草に覆われていたけど、蓮君の指さすところをみると確かに地面がくぼんでいて、石が集まり、沢の跡のように見えた。

「枝打ちして、草を刈りはらって、沢の周りの草を整えてやっていけば、雨水が集まって段々沢に流れていくようになるかもしれない。前は池になるほど水が流れこんでいたんだから、山の環境を整えれば、池も復活するんじゃないかな」

「それ、一人でやるの？」

「健二さんも手が空いたら手伝ってくれるって言ってる。でも、基本俺一人でやるかな」

「来年には池が出来上がってるって、話じゃないよね？」

「何年がかりになるか、俺にもわかんないよ。山をきれいにしただけで、沢が復活するかもわかんないし、池になったとしてそこの生態系ができあがるまで、また時間がかかるだろうし」

手間と時間をかけても、ギンヤンマが戻ってこない可能性もあるだろう。

私は手近なスギの木に手を触れてみた。枝打ちされていないせいで、下の葉は光が届かず枯れてしまっている。スギの木が日光を求めてうめく声が感じられた。

「木のためにも、なるね」

「そうだな」

山を下りた先には、ススキ野原が広がっていた。傾いた陽を浴びて、ススキの穂が銀色に輝きながらそよいでいる。その上をアキアカネが、かすかな光をこぼしながら飛び交っていた。秋が深まると共に尽きていくその命が、この瞬間に輝いている。

ギンヤンマが成虫になって空を飛ぶ期間は、一ヶ月から二ヶ月ほど。そのわずかな間の輝きを見るために、蓮君は何年かかるかわからない仕事に取りかかろうとしているのだ。

「頑張って」

もし、ギンヤンマの輝きが見られなくても、それをやることは決して無駄にはならない。

「私も見たいよ、ギンヤンマがビカビカ光るの」

「昆虫が輝くのは、短い間だけだもんなあ」

私と同じようなことを考えていたのか、蓮君が音もなく飛ぶトンボ達を見ながらつぶやく。

チョウもセミもカブトムシも、幼虫やサナギでいる期間に比べれば、外に出て飛べる期間はほんのわずかだ。だからこそ、彼らはあんなにも美しく輝いている。

　私の命もまた、輝く時があるのだろうか。

　秋が深まって来ると、ハクモクレンの葉が黄色く色づき、木の下に座るとステンドグラスのように柔らかな黄金色の光が降り注ぐ。

　木の幹に寄りかかりながら、私はたくさんの声を聞いていた。この木から生まれて、この木に還っていった、たくさんの花守の娘達の声を。

　私は知りたかった。彼女達が何を思って生きて、何を思いながら命を繋いでいったのか。

『この子が幸せに育ってくれれば、それでいい』

　そんな声がたくさん聞こえた。

　予期しない妊娠に、戸惑う声もあった。

『まだやりたいことがあったのに』

　それでも同じ声が、母親の声になって言う。

『無事に産まれてくれますように。この子が人生を楽しんでくれますように』

　誰の命にも限りがある。花守の娘は、人よりそれが短いだけのことだ。

『この子の子供やその子供が、このきれいな景色を見てくれればそれでいい』

声の主が見ていた景色はどんなものだったのだろう。私は顔を上げて里を見下ろす。

稲刈りのすんだ里では、あちこちの田んぼに杭が打ちこまれ、そこに横木を渡したはせが組まれていた。稲がはせにみっしりと掛けられて、風の中にも乾燥した稲のかぐわしい香りが混じっている。その姿は、里のあちこちに巨大な金色の壁が立っているようだった。命の素となるお米は、陽を浴びて神々しく輝いている。

確かに私も、この景色を次の世代に見せてあげたいと思ってしまう。

ふっと耳をかすめていったのは、耳になじんだお母さんの声だった。

『私があと五十年生きるよりも、たくさんの娘達にたくさんの恋をしてもらいたい』

それがお母さんの選択だった。お母さんがその選択をしなければ、私は今ここに存在しなかった。

きっと、簡単に繋がれた命など、一つもなかったのだと思う。みんなが悩み、迷い、自分の人生を賭けて答えを探し続けて、その結果私まで繋がれてきたのだ。

誰だって、死ぬために生まれてくるんじゃない。

生きるために生まれて来たんだ。

丘を降りていくと、枯れかけた草原のススキの茎に、一匹のカマキリが頭を下にしてつかまっていた。秋が深まっていく中でカマキリの羽も茶褐色に染まり、そのお腹はふっくらと膨れている。

その尾の先から、茶色い物が出て来るのに気がついた。卵だ。メスのカマキリが、今まさに卵を産もうとしているのだ。

カマキリは茎を登り下りしながら、時間をかけて卵を茎に産みつけていった。その様を私はしゃがみこんで、じっと見守っていた。

命を産むということ。命を繋ぐということ。

目の前の小さな虫は、それを体現してくれている。

カマキリは、考えたこともないのだろう。何故卵を産むのか。何故命を繋ぐのか。

本能に従って、行動しているだけだ。

少しずつ夕暮れが近づいてくる中、細いススキの茎には茶色い卵の塊が完成した。

茶色いスポンジ状の卵鞘《らんしょう》が、寒い冬でも中の卵を守り、春が来ればこの中から二百匹ほどの小さな命が生まれてくる。

その中で生き残ってまた卵を産むのは、一匹か二匹か。

そしてこのカマキリのメスは、赤ちゃんの姿を見ることなく、冬が来る前に死んでしまうのだ。

卵を産み終えたカマキリは、そろそろと茎を降りていく。ふいに降りるのを止めると、体の向きを変え、卵を見上げるようにした。そして、上半身を持ち上げると、左右の前脚をこすり合わせる。

木々の隙間から夕日が差しこんで、一瞬カマキリの姿がくっきりと浮かびあがった。カマを閉じて、前脚を合わせたその姿は、まるで一心に祈りを捧げているようだった。

一匹でも多く、生き残りますように。

そんな声が、聞こえた気がした。

生き物としての正しい在り方を、見せつけられた思いだった。

命を繋いでいく、その尊い行い。

その姿を見ながら、私も決めた。

そのボタンを押すことを。

人生のタイムリミットを決めるボタン。

八年か、九年か、十年かわからない。

だけど、ゴールがあるとわかっていれば、全力で走っていくことができる。

思い残すことなど、何もないように。

　まずは表紙のしっかりとした、シンプルなアルバムを一冊用意した。一ページ目に、私達の結婚式の集合写真を貼る。紙にコメントを書いてその下に添えた。

『パパとママが、家族になった日』

蓮君は雪が降る前にやれるだけのことをやろうと、木の枝打ちに励んでいた。その姿も写真に収めて、アルバムに貼っておく。

　雪が降り出すと外での仕事もできなくなり、家での時間を持て余すようになる。おじいちゃんは紙を折ったものでツルやフクロウを作ることにはまっていた。お父さんはジグソーパズルに興じて、蓮君は図書館から取り寄せた本を読みふけっている。池の再生に関係するような文献だろう。

私も久々に机に向かっていた。パソコンを立ち上げて、文書作成の画面を開く。

私は次の世代に何が残せるだろう。そう考えていて思い浮かんだのが、本だった。フィクションでもノンフィクションでも、何かの形で本を残せないだろうか。私の体はなくなっても、本の中で私の思いは残り続けていくだろう。

そう決めてパソコンに向かったものの、書きたい物がエッセイなのか、小説なのかも判然としない。ひとまずパソコンは閉じて、ノートに浮かんだことをメモしていくことにした。

私が書きたいものは、昆虫のことだった。もっと多くの人に、特に子供達に、昆虫の魅力を知ってもらいたい。

じゃあ、昆虫の出て来る物語はどうだろう。

週に一度近くまで来る移動図書館のバスで、何冊かの小学生向けの児童文学を借りてくると、数日かけて読みこんでいった。読んでいるうちに思い出してきた。子供の頃毎晩お父さんが絵本を読み聞かせてくれたおかげで、読書習慣が身についていた私は、小学生時代もたくさん本を読んでいたのだ。

小学生時代夢中になった本のことを思い出しながら、ノートにあらすじを書きこんでいった。主人公は小学生の女の子ナミ。昆虫と話ができる力を持つ。おじいちゃんの代から生きているという、オオクワガタを相棒にして、学校や家の周辺で起きる小さな事件を解決していく話。

あらすじがあらかた出来上がって、いざパソコンに向かっても、なかなか思うように文章が出てこなかった。何を書いても何かのまねをしているようで、自分の文章を書いているという気持ちにならない。

書いては消してを繰り返すだけで、一週間が過ぎていって、大晦日やお正月の忙しさにまぎれて、原稿に向かう気力までどこかに行ってしまう。

このままではいつまで経っても何も書けないままだ。私は目標を定めようと、ネットで児童文学の公募を探した。本にできるくらいのまとまった枚数で募集しているところがいいだろう。見つけたのは、有名な出版社の児童文学の賞だった。締め切りまで、まだ半年ある。

更に何冊もの児童文学を借りてきて、本屋さんで児童文庫の本も買って来ると、文体を探しあぐねる日々に戻った。自分が書きたいものは児童文学の文章だと硬すぎる気がするし、児童文庫だと軽すぎる気がする。その間を取っていこうという結論に至った。子供が読みやすい文章で、それでも日本語の美しさは失わないように。

　小学生時代の目線や視点や気持ちを思い出しながら、今度こそという思いで書き出した。書いては消してを繰り返すのは変わらなかったけど、カメの歩みのようなスピードで少しずつ着実に原稿は枚数を重ねていった。

　里は雪に閉ざされて、何もかもが止まっているようだった。その中で一文字でも一行でも積み重ねようと、私は格闘を続けた。

　どうにか規定枚数に達した物語を、時間の許す限り手直しし、プリントアウトして投函した時には、もう季節は梅雨の最中だった。

　日々は慌ただしく過ぎていった。畑の野菜の世話と田んぼの手入れ、リンドウの水やりや薬かけと、日替わりで仕事が詰まっている。ここ最近、おじいちゃんは腰が辛そうなので、私と蓮君が戦力にならなくてはならない。

　忙しい日々の合間に、蓮君は山の手入れをコツコツと続けていた。山の様子を見に行くと、林の真ん中に空間が出来上がって、ずいぶん風通しがよくなっていた。まとまった雨が降る時には、沢を水が流れていくのだそうだ。

　時間ができたら和志達のカフェでくつろいで、日ごろの疲れを癒した。カフェはコツコツとイベントに出店して宣伝した効果が出て来たのか、最近は盛岡の方からもお客さんが来てくれるようになっていた。

カフェの庭の木はだいぶ大きくなり、心地いい木陰を提供してくれている。庭の隅にはハーブが植えられて、メニューにはハーブティーが加わっていた。レモングラスのフレッシュティーが、私のお気に入りだった。

夏は目の前の花を束ねるだけで早送りしたように日中が過ぎていき、夜になると蓮君とホタルを眺めて、そのゆるゆるとした動きに時間が引き延ばされるような感覚を味わった。

日々の仕事をこなすだけで、最初の一年は過ぎていった。

原稿を応募したのも忘れたころに、一本のメールが届いた。それは例の児童文学の賞の最終選考に残ったという通知だった。

初めて書いた物語でそこまで行けただけでもすごいと思おうとしても、どうしても欲が出てしまう。一ヶ月間やきもきした日々を過ごし、選考の日には電話の前に張りついて、みんなから不審がられた。

届いた結果は、「残念ながら……」という第一声を聞いただけで判明してしまった。落選だった。

気落ちしながら電話を切り、その様子を不思議がるみんなに、初めて児童文学を書いて投稿していたことを説明した。あんまりにも私ががっかりしているので、蓮君がカフェに連れて行ってくれて、盛大にケーキをごちそうしてくれた。気を取り直して、また新たな物語に取り組もうと準備していた矢先のことだった。

出版社から、再びメールが届いた。

そこに書かれていたのは、こんな内容だった。

応募原稿は惜しくも選外となったけれど、これを評価する編集者も多かったことから、改稿し児童文庫のレーベルから出版を目指しませんかというものだった。

私としては本として残せるのなら、どんな形でも構わなかった。了承の返事を送り、電話やメールで細かな打ち合わせをしながら、原稿の改稿が始まった。

まずはレーベルの代表的なシリーズを何冊か読み、雰囲気をつかむところからだった。編集さんからアドバイスされたのは、文章の読みやすさと明るさを心がけることと、それぞれのキャラクターの個性を際立たせるということだった。

主人公の設定からやり直して、オオクワガタとの会話もコミカルにテンポよくしてみた。結局最初からほぼ全て書き直すことになり、直した原稿を編集さんに見てもらい、また指摘された箇所を直すという作業の繰り返しで、その冬は過ぎて行った。

何度目かの直しでどうにかＯＫをもらい、畑の仕事をしながらの校正作業だった。表紙のイラストのデザインも届いて、本当に本になるんだという気持ちが膨らんでいく。

いよいよ本が発売される日。蓮君と一緒に盛岡の本屋さんへと足を運んでみた。児童書のコーナーへ行くと、目立つ場所に私の本が積まれていた。県内在住の作家だという、紹介ポップも飾られてある。

私の作り出したナミとオオクワガタのカブが、表紙の上で笑い合っていた。もらった見本と同じものだとわかっているのに、ページをめくって中身を確かめずにはいられない。本のあちこちには挿絵も挟まれていて、私の頭の中から生まれたキャラクター達が、かわいらしい絵となって紙の上で生き生きと躍っている。

「夢みたい」

本を手に思わずつぶやくと、蓮君が私のほっぺをつねって「夢じゃないよ」と言ってくれる。

私のかけらが本となって、この世界に残っていく。私の体が消えた後も、この本は消えないし、これを読んでくれた人の中にもきっと、物語のかけらは残り続ける。

機会のある限り、もっとたくさんの物を、残していきたいと願った。

ありがたいことにナミとカブのお話は、二巻目も出してもらえることに決まった。農作業の傍らプロットを作って、執筆は秋から冬にかけてできるように編集さんにお願いしてスケジュールを組んでもらった。

お話の元になるのは、日常の小さな謎や困りごとだ。そして人を助けたいと願った虫達がカブの元に相談に来て、ナミとカブが解決に向けて動き出す。ネタに困ってカフェで近所の人と雑談していたら、思いもよらない謎を提供してもらえたこともあった。

二巻、三巻と物語は続いていった。夏場は農作業をし、冬は執筆というスタイルができあがり、一年に一冊というペースでしか出せなかったけれど、ありがたいことに読者さんは待っていてくれた。

時々編集部経由で送られてくるファンレターが、私の宝物となった。読者さんは圧倒的に女の子が多くて、今まで虫が怖くて触れなかったけど、このシリーズを読んで興味を持つようになったという感想をもらうたび、私の人生そのものを肯定されているような気持ちになった。

読者さんの感想が、私の書くエネルギーとなった。シリーズの巻を重ねると、絵本の執筆やエッセイの依頼も来るようになり、スケジュールを調整しながらできるだけのことを引き受けていった。

初めての絵本が出版された時は、里の小さな子供を集めて、シロツメクサで朗読会を開いてみた。ダンゴムシが子供の住む家に迷いこむ話で、ビー玉コースターに落ちて転がっていくダンゴムシが、グルグルのスライダーで目を回している場面では、子供達がケタケタと声を上げて笑ってくれた。お母さん達も目に涙を浮かべながら笑ってくれている。

朗読会が終わり、子供達が小さな手を振りながら帰っていくと、その姿をじっと見つめる絵美ちゃんに気がついた。

カフェが開店してから五年が経ち、リピーターのお客さんも増えて、お店の経営は安定しているように見える。

「絵美ちゃんとこは、子供、考えてないの？」

なるべく重くならないよう言ったつもりだったけど、絵美ちゃんの顔は泣きそうに歪んだ。

「あのね、もし、もしもだけど、私達に気をつかってるんだったら……」

前から心にわだかまっていたことを、思い切って切り出してみた。私達に気をつかって絵美ちゃん達が子供を持てないでいるのなら、そんな気づかいは無用だとはっきり言っておかなければならない。

「違うよ、気をつかってるとか、そんなんじゃない」

私の言葉を遮《さえぎ》って、絵美ちゃんは言った。普段のおっとりとした口調と正反対の強さで。

「私、聞いちゃったの、お父さんから」

そのお父さんが、和志の方のお父さんを指すのだと、ニュアンスで解った。

「ひばりちゃんのお母さんが子供を産むって決めたのは、多分和志君を抱いた時なんだって」

初めて聞く話だった。同時に絵美ちゃんの気持ちも理解できてしまう。

「私や、私の子供が引き金になるなんて、そんなの耐えられないから」

絵美ちゃんが拳を握りしめて、体をふるふると震わせる。土間の敷石に涙が一滴落ちるのが見えた。

「ひばりちゃんがいなくなるなんて、やだもん」

小さな子供みたいに言って、絵美ちゃんは本格的に泣き出してしまう。グレーのエプロンに、涙が黒い染みとなっていった。

嘘を言って、この場を収めることもできる。一生子供は産まないと約束すれば、絵美ちゃんは安心してくれるだろう。

でも私には、できなかった。この小さな世界で手を繋いで一緒に生きてきた親友だから、言っておきたかった。

「絵美ちゃんが引き金になることはないよ」

絵美ちゃんが顔を上げる。頬を涙で光らせて。子供の頃お蚕を怖がって泣いていたのと、おんなじ顔だ。その目にほんの少しの希望が灯るのが、見えてしまう。

「もう自分で決めちゃったから、ゴールを」

その言葉をゆっくりと噛みしめるようにして、絵美ちゃんは目をみはった。希望の灯が消えて、その両目からまた、幾筋もの涙がこぼれ落ちていく。

「やだ……」

「まだ、何年かは、一緒にいられるから」

「やだよぉぉ」

絵美ちゃんが私の体にしがみついてくる。服に染みこんできた絵美ちゃんの涙が熱かった。

「一緒に、おばあちゃんになろうよおぉぉ」

その柔らかな髪を撫でながら、私は首を振る。

「私のことは気にしないで。絵美ちゃんは絵美ちゃんの人生を生きてよ」

「ひばりちゃんが、いなくなったら、やだよおぉぉ」

残していく方より、残される方がきっと辛い。

絵美ちゃんは私にしがみついて泣き続けた。和志が買い出し中で不在なことに、私は感謝していた。

涙に暮れていた絵美ちゃんだったけど、その翌年にはお母さんになった。産後三ヶ月でお店に復帰すると、ベビークーハンに置かれた赤ちゃんを、常連さん達があやしてくれる。当然私も、お茶を飲みに行っては抱っこさせてもらった。

ミルクの匂いのする柔らかな赤ちゃんを抱っこしていると、どうしようもない愛しさと庇護欲のようなものが押し寄せて来る。赤ちゃんの和志を抱いた時のお母さんの気持ちがよくわかった。これに抗うのは難しい。

池の再生を始めてから五年が経ち、山には沢の流れが戻って来ていた。去年辺りから池にも水が溜まるようになり、池の周囲にも葦《あし》やガマの穂が生えて環境が整って来ていた。

その夏の終わりのことだった。

「ひばり、ひばり、ちょっと来て！」

慌てたように私を呼びに来た蓮君に手を引かれるまま辿り着いたのは、例の池だった。

葦に覆われた先に、水のきらめきが見えた。ハスの葉が浮いて、小さな白い花が咲いているのが見える。

ちゃんと池になってると、感慨にふけっていた時だった。耳元でパリッと、乾いた音がした。まるでノリをもむような音。心臓が跳ねるのは、子供の頃に虫取りした時の記憶のせいだ。

その音は、オニヤンマやギンヤンマが立てる羽の音だった。体の大きなトンボ達は、羽音も大きくなるし、羽の立てる風を感じることだってある。

子供の頃のように胸がときめくのを感じながら池の上に目線をやると、宝石のようにきらめく存在があった。羽が光るのは他のトンボと一緒だけれど、尾の下がプラチナでできているようにキラキラと光を弾いている。

「ギンヤンマ……」

「産卵しに来てくれたんだ」

池の周りをギンヤンマが飛び交っていた。メスの後を数匹のオスが追いかけていき、宙で旋回したり、ホバリングしたり。銀色の軌跡が宙に刻まれていくようだ。

「すごいよなあ。アクロバットだよな」

「ブルーインパルスみたいな動きするね」

「時速70キロだぜ。日本の昆虫界じゃ最速だよ」

銀色の光をこぼしながらギンヤンマが飛び交う様は、本当に夢のような光景だった。この景色を見るために、蓮君は何年もかけて地道な整備を続けてきたのだ。

「やりとげたね、蓮君」

「まだまだ。もっと数を増やして、守り続けていかないと」

私はちょっとつま先立ちして、蓮君の頭に手を伸ばした。よしよしと頭を撫でる。

「よく頑張りました」

照れくさそうに微笑んだ蓮君の瞳に、銀色の光が反射していた。

アルバムの写真がまた一枚増えた。ギンヤンマが飛び交う池の写真の横に『パパが取り戻した風景』とコメントを書きこむ。

種から芽を出した柿の木は、順調に成長し枝を伸ばし、若木になっていた。

本棚には私の出した本が増え続けていった。絵本が二冊、短編が収録された本が三冊。ナミとカブのシリーズは六冊。

発売されたばかりのナミとカブの最新刊を抱えて、私と蓮君は盛岡の病院を訪れた。

おじいちゃんが健康診断で引っかかり、精密検査の結果大腸がんと診断されたのは、春のことだった。

手術をしたけど再発してしまって、夏過ぎからずっとここに入院している。

医者《せんせい》からは、雪が降るまで生きられるかどうか、と言われていた。

「おじいちゃん、新しい本出たんだよ」

四人部屋の病室の窓際のベッドのカーテンを開けると、前に会った時よりもさらに痩せたおじいちゃんの姿があった。

おじいちゃんはうれしそうに本を受け取って、表紙を撫でた。まるで本物のひ孫を撫でるみたいに。

「高校出で農業しか知らないおらの孫が、作家先生になるなんで、思いもしながったよ」

「やだー、先生なんて」

「ひばり」

おじいちゃんは私の手を取った。ごつごつとした働く人の手は、もう肉もなくなって骨のありかがよくわかった。

「お前みたいな孫がいて、じいちゃん本当に幸せだった」

その言葉はまるで死期を覚《さと》ったようで、背すじを不安が駆け上がっていく。

「は、早く元気になって、帰ってきてよ。おじいちゃんの好きなギョウザ焼いてあげる」

おじいちゃんは、静かに首を振った。

「もう、無理だべな。でもな、ありがたいども、思うんだ」

握った私の手に、おじいちゃんは額を当てて言った。

「お前に先立だれるのだけは、勘弁してけろって、神様さお願いしでだんだ」

それが、娘に先立たれた人の、最後のお願いだった。

私達のやり取りを、唇を嚙みしめて蓮君が見つめていた。

それからひと月もしないうちに、おじいちゃんは天国へ旅立っていった。


おじいちゃんのお葬式の前に、野辺送りが行われた。私達家族が遺影や遺骨や位牌を抱いて、供物や道具を持った里の人達がその後ろに並んで田んぼの中の道を歩いていく。白い紙吹雪がまかれて、風に散っていった。銅鑼の音がジャーンジャーンと鳴り響く。

田んぼには稲が実り、一面が黄金色に輝いていた。秋の太陽は斜めに傾き、田んぼの上にまんべんなく陽の光を注いでいく。金の波がうねるたび、波間に白銀色の光が揺れた。誰かが植えた彼岸花が畔にポツポツと赤を滴らせて、先頭を行く人の持つ白い吹き流しが、魂のように風になびいた。

お寺でのお葬式が終わり、公民館での会食も終わりかけたころ、帰る人を見送って外へ出た私の頭に、悲鳴が飛びこんで来た。悲鳴と言えばいいのか、危険信号と言えばいいのか。とにかくSOSを発している木がいる。あの柿の木だと、すぐにわかった。

公民館を飛び出して、歩きにくいヒールの靴のまま家の方へ向かう。陽は山の影になり、淡い影の中に里が沈んでいく。

家の横を抜け、土にヒールを沈みこませながら丘へと向かうと、まだまだ細い柿の木の横に佇む蓮君の姿があった。喪服のまま上着だけを脱いで、その手にはノコギリが握られていた。

「何、してるの」

そっと声をかけると、びくりと白いシャツの肩が跳ねる。

「この木が、この木さえなくなれば、約束もなくなるだろ」

この木に実がついたら、もう一度話し合おう。

木を切り倒すことで、その約束ごとなかったものにしようとしているんだ。

「そんなことしても、何にもならないよ。木が怯えてる。やめて」

「だって、だってさ……」

蓮君の肩も声も震えていた。

「おじいちゃんが亡くなっても、辛いのに、心のどこかに穴が空いたみたいなのに、ひばりが、ひばりがいなくなったりしたら……」

蓮君がノコギリを構える。その頬にボロボロと涙がこぼれているのが見えた。おじいちゃんが亡くなって、私の心にも穴が空いたようだった。寂しくて哀しくて、いつもおじいちゃんがいた場所や、使っていた食器を見るだけで涙がこみあげてくる。

もしも蓮君を失ったら——そう考えたら、こんな悲しみではすまないだろうと思えた。悲しみも喪失感も、今の何倍になるかわからない。

そんなものを私は、彼に与えて去っていくつもりなのだ。

蓮君が木にノコギリを当てる。だけどその手に力は入らず、ノコギリが力なく地面に落ちていく。

「ひばり、まるで生き急いでるみたいだ……」

そうかもしれない。でも、急いでいるつもりはない。

私には自分の残り時間が見えているだけだ。砂時計の残りの砂の中で、あがいているだけだ。

土の上に膝をついて、蓮君は泣き崩れた。

「……ごめん」

謝ったのは、私のほうだった。

こうなることは、わかっていたのに。それでも蓮君を、この運命に巻きこんでしまった。

「でも、ありがとう」

そんなにも私を、必要としてくれて。

頰を涙で光らせながら、蓮君は私を見上げた。見覚えのある表情が、そこに浮かぶ。絵美ちゃんの時と同じだ。

どうやっても私の意志は変えられないのだと知り、絶望し、あきらめて、そして……。

その先をどうするのか、私にはわからなかった。絶望したままだろうか。何もかもをあきらめて、私の前から去って行ってしまうだろうか。

それでも仕方がないと、思った。彼がその道を選択するのなら、仕方ないと。

蓮君はゆっくりと立ち上がり、ノコギリを手放してフラフラと去っていった。

それから数日。朝起きたら、隣の布団に蓮君がいなくて、家のどこを探してもいないという夢を私は見続けた。それでも夢から覚めれば、蓮君は変わらず隣にい続けてくれた。

蓮君の態度は、前と何も変わらないように見えた。だけど彼の中では、何かが確実に変わっていっていた。

私がキッチンに立っていると、蓮君も必ず横で手伝うようになった。料理のレシピやコツを聞いてきてメモを取るようになり、そのうち一人でカレーを作れるまでになった。

洗濯も掃除も、今までほとんど手を出してこなかったのに、自分でやるようになった。洗濯ものをどこに干すのかも知らなかったような彼が、冬が終わるころにはアイロンを使いこなせるようになっていた。

いつしか家事も料理も二人で均等にやるようになっていて、私も気がついた。

私がいなくなった後のことを想定して、彼も動き始めているのだと。

彼も、私の運命を受け入れたのだ。

季節は巡っていき、夏になると池で育ったギンヤンマが次々と羽化して池の周りを飛び交うようになった。

池の水深は浅いけれど、子供が間違って落ちないようにと、蓮君は手作りの柵で池の周りを囲った。

ギンヤンマとルリボシヤンマが池の周りをヒュンヒュンと飛び交い、プラチナの輝きが宙に躍った。子供達は虫取り網を持って夢中でそれを追いかけ、時には蓮君もそれに混じって、小学生のように必死になってギンヤンマを追いかけていた。

そして、秋がやってきた。

準備は整った。私達の心の準備もできていた。

だから、その時が来るだろうという、予感があった。

秋が深まった頃柿の木は、夕陽を結晶させたような実を枝のあちこちにつけていた。

蓮君と二人、手を繋ぎながらそれを眺めて、私は言った。

「子供、産みたいな」

夕陽を受けて柿の実は、ツヤツヤと光り輝いていた。

隣の蓮君の表情を窺うと、彼は泣き出しそうな顔で唇を結んでいた。それを言ったら終わりだというように。

でも、蕾から花がほころぶように、彼の唇が開いた。

「そうだね」

その一言に、精一杯の優しさと愛情と、そして溢れそうなほどの悲しみが感じられた。


編集さんとやりとりして、ナミとカブのシリーズは次を最終巻とすることにした。編集さんからはだいぶ説得されたのだけど、物語にはちゃんとした結末を与えたかった。

年が明けてしばらく経った日のことだった。ふっと、その予感が降りてきた。

自分の中に、もう一つの命がある。

念のためにと、妊娠検査薬を使ってみて、予感は確信に変わった。

子供ができた。

人生で味わったことのない感覚だった。

うれしいのに、心からそれを喜ぶことができない。

私にとってそれは、余命宣告を受けたのと、同じことだから。

あと九ヶ月。

それが私の、人生の残り時間だった。

「赤ちゃん、できた」

そう告げると蓮君は、自分が余命宣告を受けたような顔をした。

「おめでとう」

笑顔を作ろうとして失敗したようで、みるみるその目から涙が溢れ出した。

「ごめん、泣くのは、我慢できない」

「うん、いいよ。私も、泣きたい時は泣くから」

私と蓮君と、お腹の中の赤ちゃんとで過ごす、最後の日々が始まった。

第十一章　愛しき日々

まずは産婦人科で診察だった。

盛岡の病院で診察を受け、無事に赤ちゃんの心拍が確認できた。

もらったエコー写真には、豆粒ほどに小さな命の素が映っていた。この小さな塊が、いつか歩き出してしゃべり出すなんて、奇跡のようだ。

診断が確定したからには、私にはやらなければいけないことがあった。

妊娠したことを、お父さんに報告するのだ。

帰り道で蓮君は、奮発してちょっといいワインを買い求めた。

その日の夕食後、私と蓮君は並んで座り、お父さんにエコー写真を差し出した。

それだけでお父さんには、伝わった。

きっとそれは、お父さんがずっと恐れてきた瞬間だったのだと思う。

私が生まれた時からずっと。お父さんにとっては全ての記念日が、この日に近づいていく一歩一歩だったのだろう。

「おめでとう」

言った瞬間、お父さんの目から涙が溢れ出した。

「僕もとうとう、おじいちゃんか」

とうとうという言葉に、本音が漏れているようだった。

「ごめん、ひばりが結婚した時から、覚悟はできてたはずだったんだけどな」

手の甲で乱暴に涙を拭うお父さんに、私は向き合った。

これだけは、伝えておきたかった。

「あのね、お父さん」

お父さんだけじゃない。蓮君にも伝えたかった。

「私は、死ぬために生きてきたんじゃないから」

人よりゴール地点が早かったとしても、これまでの一歩一歩に、喜びも悲しみも詰まっていた。

「生きるために、生きてきたんだから」

自分の人生を思い返す時に、トゲのように引っかかるもの。それは私の成長を悲しむ、お父さんの泣きそうな顔だった。

どうか蓮君には、娘の成長を晴れ晴れと喜べるお父さんになってほしい。終わりの時は、誰にだっていつか訪れるものだから、その日を恐れるのではなく、一歩一歩を慈しんでほしい。

お父さんは、何度も何度もうなずいて、涙を拭った。

「まだ、時間はあるんだからな。泣いてる場合じゃないな」

「どうか、蓮君と娘をよろしくお願いします」

私が深々とおじぎして頭を上げると、またお父さんは泣きそうになった。だけど涙をぐっとこらえて、笑顔になる。

「わかった。お前は安心して、無事に産むことだけ考えてなさい」

その夜、蓮君とお父さんは遅くまで飲み明かしていた。

しばらくして、つわりらしき症状が出てきた。

白米がおいしくない。

私のつわりの一番の症状がそれだった。

味覚がおかしくなったようで、今まで大好きだった魚が気持ち悪くて食べられない。薄い味がわからない。そして、白米の味が感じられない。ご飯を口に入れても、プラスチックを嚙みしめているような感覚だった。

体にはよくないと思いながらも、料理の味つけは濃い目になり、ご飯は夏の終わりに作りだめしたピーマン味噌をかけることでどうにかしのいだ。

つわりやら、突然襲ってくる眠気やらに阻まれながらも、私は原稿に向かった。どうにか、出産までに最終巻が本屋さんに並ぶのを見届けたかった。

物語はラスト部分に差しかかっていた。ナミのおじいちゃんの代から生きてきたオオクワガタのカブに、ついに命の終わりが訪れる。今までカブを頼りにしてきたナミは、一人で事件解決に乗り出すことになる。

ナミは一人を心細いと思うけど、途中で気がつくのだ。カブのおかげで出会えた虫や人が、自分を助けてくれることに。

書きながら考えていたのは、蓮君と娘のことだった。

どうかここにこめた願いと祈りが、蓮君に伝わりますように。

いつか娘がこれを読んで、私の思いと生きた証を受け取ってくれますように。

私が妊娠したことは、ゆっくりと里の中に広まっていき、それを知った人達が遠慮がちにお祝いの品を持ってきてくれた。

女の子用のレースのついた服や、鈴のついたオモチャ、布でできた絵本。赤ちゃんの使うものはどれもこれも小さくて柔らかくて、きっと赤ちゃん自身もそんな存在なんだろうなと、思わせてくれる。

驚いたのが、和志のお母さんがお祝いを持ってきてくれたことだった。和志のお父さんからはもう、虫が出て来る絵本という実にらしい物をもらっていたので、差し出されたプレゼントの包みに、私は戸惑ってしまった。

「お祝いっていうよりね、これはお詫びの品なの」

「お詫び？」

そう問いかけてから思い出した。十代の頃おばさんから、冷たい視線を受けていたことを。

「私、ひばりちゃんに冷たくしてたころあったでしょう」

うなずくのもどうかと思って、そうでしたっけ、という表情を作ってみせる。

「和志、ひばりちゃんのこと好きだったでしょう。だから、二人が結婚したらどうしようって思って……」

声を詰まらせながらも、おばさんは続けた。

「和志には、温人《はると》さんみたいな思い、させたくなくて……」

ああ、そうだったのか、と胸の奥の方で凍りついていたものが、溶けていく思いだった。

「安心しました。おばさんに嫌われてるのかなと思ってたから」

「誰のせいでもないのにね。自分勝手よね、ほんと。ごめんなさい」

頭を下げようとするおばさんを止めて、プレゼントのリボンをほどく。出てきたのは、私が小さなころ大事にしていたぬいぐるみと色違いの、水色のウサギだった。

「モモだ」

うれしくなって、思わず抱き寄せる。頬に触れたタオル地の感触までそっくりだった。

「これ、おばさんの手作り？」

「そう。ひばりちゃん、いつもあれ持ち歩いてたでしょ」

「私裁縫苦手だから、作りたくても無理だなって思ってたんです。ありがとうございます」

「温人さんはね、一人で頑張っちゃうタイプだったから、あなたが小さい時はあんまり力になれなくてね。今度はどんどん頼って欲しいって思ってるの。保育園で手作りグッズが必要な時は、私に言ってね」

「はい、蓮君に伝えておきます」

おばさんを見送って思ったのは、これからの蓮君には見守ってくれるたくさんの手が必要だということだった。

私はお母さんみたいに、先回りしてあれこれ準備していくことはしない。絵本の読み聞かせも子守歌も、蓮君自身でやってほしいと思っている。

だけど、頑張り過ぎないで。周りにいる人達にちゃんと頼って、力を借りてほしい。

お祝いを持ってきてくれた人一人一人に、私はお願いをした。蓮君の助けになってもらえるように。娘の成長を見守ってもらえるように。

つわりが落ち着いてきたら買い物に出かけて、うちの中は小さな下着や哺乳瓶やオムツが溢れかえるようになった。

肌ざわりのよさで選んだおくるみを頬にあてると、娘の温もりや柔らかさが想像できて、愛情がこみ上げてくるのを感じた。

恋愛とも家族への愛情とも違う種類の愛情。

きっとこれが、母親の愛というものなのだろう。

お腹が少しずつふくらんで、今まで着ていた服が着られなくなったころ、春が来た。

野原に小さな花が溢れ、レンギョウとウメが里を彩り、小鳥があちこちで鳴き交わす。温かな陽の光を浴びながら、私は最後になる春を味わった。お腹を撫でながら散歩をして、目に入る景色を、お腹の中の娘に語りかけていく。

早く出ておいで。この世界はこんなにも美しいもので溢れているんだから。

あなたは、どんな夢を見るだろう。どんな人生を生きるだろう。

それを見届けられないのは残念だけど、きっと、あなたのそばではいつも、花が咲き、鳥が歌い、チョウが戯れている。


ハクモクレンの蕾が膨らんできた日曜日のこと。蓮君は私に、紺色のスーツを差し出してきた。お腹の大きな私でも着られるような、ゆったりとしたワンピースとジャケットだ。

「どうしたの、これ？　新品？」

「うん、プレゼント。ほら、早く着替えて。できればメイクもしっかりしてほしいんだけど」

「何？　パーティでもあるの？」

理由を教えてくれない蓮君を訝《いぶか》しく思いながらも、私はスーツに着替え、ストッキングを穿き、スーツに合わせた落ち着いた化粧をした。

ヒールのない靴を履いて外に出ると、蓮君が車に乗るようにうながす。車で連れて行かれた先は、私も通った小学校だった。里の隣の地域にあるので、小学校時代は徒歩で三十分かかる道を、毎日テクテクと通い続けたものだった。

日曜日なので校門は閉め切られていて、中には入れそうにない。グラウンドは閑散としていて、砂ぼこりだけが舞っている。休みの日の小学校で、一体何をするのだろうと、蓮君を見つめる。

すると、蓮君がバッグから取り出したのは、デジタルカメラだった。もう十年くらいうちにある、年季の入ったものだ。

「写真、撮るの？」

「入学式の、写真だよ」

「入学式？」

意味がわからなくて、上げた声が裏返った。

「写真撮っておいて、後で娘が入学式を迎えた時に撮った写真にくっつける」

「できるの？　そんなこと」

「デジタルなら、多分きれいに合成できるな。でも、プリントした写真を半分に切って、くっつけようかと思ってる。アナログな方が、味が出そうだろ」

蓮君のやろうとしていることが、やっと私にも飲みこめた。アルバムの中だけでも、親子三人を実現させようとしているのだ。

「ほら、イメージして。ランドセルを背負った娘が隣に並んでる。晴れやかなお祝いの日だ。笑顔笑顔」

隣に立つ娘のことを想像しようとしたら、涙が溢れてきた。ハンカチで涙を拭って、ニッコリと微笑む。晴れの日の母親にふさわしい顔で。

何度かシャッターを切って、画面を確認して、蓮君はオッケーサインを出した。カメラから顔を上げた蓮君の頬にも、涙の跡があった。

その後場所を移動して、今度は中学校の校門前での撮影会だった。

私と同じ制服を、娘も着るのだろうか。黒いセーラー服に、えんじ色のスカーフ。

その姿を見たいなと思ってしまう。未来に生きたいと願ってしまう。

瞬きして、涙と叶わない願いを閉じこめて、笑顔になる。入学式の母親らしい笑顔に。

シャッターを切った蓮君は、やっぱり泣いていた。私は彼の頬をハンカチで拭いて、囁いた。

「母親にしてくれて、ありがとう」

また、蓮君の頬に、新たな涙が流れた。

プリントされた写真を、私はアルバムのポケットに納めた。メッセージを書いた紙を、一緒に差しこんでおく。

『入学おめでとう。大きくなったね』

中学の入学式の写真には、制服が変わらないことを願いながらこう書いた。

『入学おめでとう。お母さんも着た制服、よく似合ってるよ』

その年私は、たくさんの花の種を集めて回った。季節ごとに野原を回って種を摘み、あちこちの庭で種ができているのを見つけては、家の人に頼んで分けてもらった。

その一粒一粒に魔法をほどこして、よく乾燥させて、小分けにして袋に入れていく。

風通しのいい場所に保存しておけば、何年経っても花をつけてくれるだろう。

夏が来る前に、ナミとカブのシリーズの最終巻が本屋さんに並んだ。さよならカブと書かれた大きなポスターと共に、今までの巻も並べてくれている。

本屋さんで立ち読みする振りをしながら、そっと様子を窺っていると、高校生くらいの制服を着た女の子が来て、長いこと最終巻の表紙とポスターとを交互に見つめていた。やがて、本を手に取ってあらすじを確認すると、その子の目から一粒涙が落ちた。

女の子は、最終巻とその前の巻を手に取って、指先で涙を拭ってレジへと向かっていった。

小学生の時に、読み始めてくれた読者さんだろうか。あの子の人生のひと時に、カブが寄り添ってくれたんだろうか。

ああ、書いてよかったと、心から思えた瞬間だった。

夏が来て、お腹はまた少し大きくなった。赤ちゃんが熱を発しているようで、とにかく暑い。

家で一番涼しい奥の部屋で、扇風機の風に当たりながら、私は絵本を作っていた。Ａ４サイズの画用紙に文章を書き、下描きした絵に絵の具で色をつけていく。絵筆を握るのなんて高校生の時以来で、絵の具の匂いに美術室の雰囲気を思い出す。

絵本は、娘一人のためのものだった。

私が小さな頃、お父さんが私のためだけに絵本を作ってくれたように、一枚一枚愛情をこめて絵を描いていく。絵は得意じゃないけど、お父さんよりはうまいはずだ。

大きなお腹のせいで前かがみになることができず、座椅子に背中を預けながらの作業は腰が痛くなる。休憩しながら腰を伸ばしていると、お腹をトン、と蹴られた。

初めて胎動を感じたのは六月だった。おずおずとドアをノックするようなささやかな胎動が、今や遠慮なしにドアをドンドン叩くような感じになっていた。

お腹をさすって「なあに？」と声をかける。

「今ね、あなたのための絵本を描いてるのよ。楽しみにしててね」

一緒に布団に入って、この絵本を読んであげられたら、どんなに幸せだろう。できないとわかっているからこそ、見たいことやりたいことが、際限なく浮かんできてしまう。

きっと私のお母さんも、こうだったんだろうなとお腹をさすりながら考える。私もお腹の中にいる時に、こんな風に色々語りかけてもらったんだろうか。愛情を注いでもらっていたんだろうか。

ああ、そうかと、今さらながら気がつく。

私にもちゃんと、お母さんと一緒に過ごした時間が存在したんだ。

お腹は少しずつ大きくなっていき、砂時計の砂が落ちるように私の時間はなくなっていく。

いざ出産という時に、私の体や赤ちゃんに何か問題があったら帝王切開手術をすることになってしまう。そうなったら、蓮君が立ち会うことは叶わなくなるから、私は毎日血圧をチェックし、塩分と糖分を控えるようにして、体重も増やし過ぎないように気をつけて、時間のある時は里をテクテクと散歩した。

絵美ちゃんの実家の横を通ると、お蚕のかき時のようで、外にいても蚕が桑の葉を食べる、あのさざ波のような音が聞こえてきた。

絵美ちゃんのおばあちゃんはもう引退してしまったけど、都会育ちの絵美ちゃんのいとこが里に移住してきて、蚕を継いでくれたのだ。おかげであと数十年は、里からこの音が消えることはないだろう。

歩き疲れたらシロツメクサで、冷たいハーブティーを飲む。カモミールの香りに癒されながら、絵美ちゃんと何てことないおしゃべりを楽しむ。

「そうだ、絵美ちゃんにお願いがあるんだけど」

私はバッグから、袋に入った種を幾つか取り出した。

「色んな花の種をランダムに入れてあるから、春先と秋に蒔《ま》いてほしいの」

「春と秋って、いつの？」

「来年から、二十年……経つまで」

「二十……年」

その時の長さに、絵美ちゃんは絶句した。

「ごめん、負担になるようなら、お父さんに頼むから」

「違うの、大丈夫。私に任せて。これは、一袋で一年分？」

「そう、半分ずつ、春と秋に蒔いてほしいの。まだ家にあるから、今度持ってくるね。全部で二十袋。涼しくて風通しのいい場所に保管しておけば、もっと思うから」

「どこに蒔けばいい？」

「うちの近くがいいんだけど、道ばたでも空き地でも、子供が触りそうな場所ならどこでも」

絵美ちゃんの唇が震えた。ぎゅっと唇を結んで、しばらく何かに耐えるような顔をして、絵美ちゃんはいつもの笑顔になった。

「何か、仕掛けてあるんでしょ？」

「乞うご期待」

えへ、と笑って、追及をやり過ごす。

帰りに店の外まで送ってくれた絵美ちゃんは、私のお腹をそっと撫でた。

「もう臨月だね」

「だね。寝る時仰向けになれなくて、しんどいの」

手を離した絵美ちゃんは、私の後ろに回ると、背中からぎゅっと抱きしめてきた。

「なに、絵美ちゃん」

「別に、ひばりちゃん大好きだよって思って」

絵美ちゃんが肩に顔を押しつけてきて、その肩に熱いものが染みこんでくるのがわかった。

やがて、絵美ちゃんがそっと顔を上げて、手を離す。

私は前を向いたままで「またね」と言って、歩き出した。

蓮君の再生した池には、今年もたくさんのギンヤンマとルリボシヤンマが飛び交っていた。

透明な羽がキラキラと光をこぼし、メスをかけてオス達があちこちで衝突していた。メスはそれを尻目に優雅に飛び去り、オスが慌ててその後を追いかけていく。トンボ達の恋の季節だ。

プラチナ色の光はあちこちに飛び交い、まぶたを閉じるとその裏でも銀色の光が躍っていた。

子孫を残して尽きていく命の輝きだ。

それを繰り返して繋がれてきた、命の輝きだ。

お腹をさすりながら、私は胸で語りかける。

いつかあなたもこの景色を見て、目を輝かせるでしょう。

ここはたくさんの美しいもので溢れているから。

たくさんのものを見て、たくさんの人に出会って、たくさんのことを考えてほしい。

あなたの人生は、あなただけのもの。

あなたの人生に、たくさんの花が咲き、実を結びますように。


そして、その日はやって来た。

早朝、お腹の痛みで目が覚めた。

時計を見ながら痛みの感覚を計る。まだ病院に向かうには早そうだ。

痛みのないうちに着替えて、自分の仕度を整えて、持っていく荷物を確認した。そうしているうちにまた痛みがやって来る。

「いたたたたた」

声に出した方が、痛みもまぎれてくれる。蓮君が気づいて駆け寄って来てくれた。

「陣痛か？　病院向かう？」

「うん、早めに向かおうか」

お父さんが病院と電話でやり取りをしている間に、蓮君が家の戸締まりをして荷物を車に運んでくれる。

お父さんと一緒に後部座席に乗りこむと、シートはクッションで覆われていた。痛む時にはちょっとした振動もこたえるので、ありがたい。

陣痛がやってくる度に、クッションを抱きしめて痛みに耐えた。お父さんが腰にテニスボールを当ててグリグリしてくれると痛みがやわらぐ。

それを何度繰り返しただろう。健診で何度も通った病院が見えて来る。

蓮君に支えられながら病院に入り、診察を受けると、すぐに分娩室に入ることになった。お父さんとはここでお別れになる。

「これ、和志君からだ。お守りだって」

お父さんが手渡してくれたのは、木彫りの小鳥だった。羽ばたいている姿は、いつか野原で見たヒバリだ。

私からもお父さんに、手紙の入った封筒を手渡す。

「これ、おじいちゃんとおばあちゃんに」

父方のおじいちゃんとおばあちゃんには、結局妊娠したことも告げられなかった。今までのありがとうを手紙に詰めこんで、置いていくことにした。

お父さんにお別れの言葉を言わなければならないのに、いざとなると言葉が出てこなかった。

絵本を読んでもらった時の布団の温かさ、肩車してもらって見た空の青さ。子供時代の温かな記憶が溢れてきて、喉を詰まらせた。

「ひばり」

お父さんが私の手を取る。

「僕を、お父さんにしてくれて、ありがとう」

お父さんの目じりのしわを伝って、涙が落ちていく。

お父さん、いつの間にこんなに年を取ってしまったんだろう。

「私も、ありがとう」

言えたのは、それだけだった。

絵本を作ってくれて、ありがとう。三つ編みを編んでくれてありがとう。どんな決断をしても、反対せず見守っていてくれてありがとう。

たくさんの、たくさんのありがとうを伝えていたら、明日になってしまいそうだったから。

「行っておいで。ひばり」

看護師さんが、私の乗った車椅子を押す。お父さんの手が離れる。ドアが閉まる瞬間見えたお父さんは、笑顔で手を振っていた。


モニターが規則的に鳴っている。私の心拍の音だ。分娩台の上に乗り、蓮君に手を握られながら、私は陣痛の痛みと戦っていた。

体が熱い。汗が噴き出しては、額を流れ落ちていく。

「ゆっくり息して。大丈夫ですよ。まだ、力入れないでね」

看護師さんに言われるがまま、息を整えることに集中する。

私の心音が、機械の音となって聞こえてくる。

突然その音に、ピュルピュルピュル、という声が交じった。

目の覚めるような青空が瞼の裏に浮かぶ。熱い体に一瞬、春先の冷たい風を感じた。

ヒバリ？

目を開くと、潤んだ視界の向こうに、羽ばたく鳥が見えた。頭の横に置いていた和志の彫った小鳥が、翼を羽ばたかせて宙へと浮かぶ。瞬きするうちに木彫りの鳥は柔らかな羽を取り戻し、空高く上昇していく。

気がつけば、視界は一面の空色で覆われていた。ミルクを混ぜたような、柔らかな春の空の色だ。

空へと手を伸ばして、私はその指先が羽毛で覆われていることに気がつく。声を出せば、ピュルピュルピュルと、透き通った鳴き声になった。

私はヒバリとなって、空を飛んでいた。

羽ばたいていく先に、白い炎のようなものが見える。近づいていくにつれ、白鳥の翼のようにふっくらと広がる花びらと、甘い香りとが立ちこめてきた。生まれた時からいつも見守ってくれていた、ハクモクレンの木だ。

家に帰るような心地で、枝の一つにとまり羽を休める。白い花びらが空を埋め尽くしていて、その隙間からステンドグラスのような青空が覗いていた。

「見てごらん、きれいなお花だろう」

耳に馴染んだ声に下を向くと、蓮君が木を見上げていた。その腕の中の存在に気がついて、私は息を呑む。

蓮君と一緒に選んだクリーム色のおくるみに包まれて、赤ちゃんが黒い瞳でこちらを見つめていた。

生後半年ほどだろうか。もう首もしっかりして、自分で頭を上げて不思議そうに白い花を見つめている。こちらに向かって伸ばされた手の小ささに、胸が苦しくなる。

「茜《あかね》、お前のお母さんはここにいるんだよ」

茜。それが娘の名前なんだ。

いい名前をつけてもらったね。夕日の茜色だろうか。それとも、蓮君のことだから、アキアカネからとったのかもしれない。

「お母さんはいつだって、お前を見守っているからね」

そうよ。ここでちゃんと、見守っている。

ピュルピュルピュル、と鳴くと、蓮君がこちらに視線を寄こした。寝不足のような隈が見えて、やっぱり子育てが大変なんだなと心配になる。

蓮君が茜の体に手を添えると、高く掲げた。まるで私に見せるように。

「ほら、こんなに元気に育ってるぞ」

茜のほっぺはツヤツヤとして、焼き立てのパンのようだ。ミルクをたくさん飲んで、たっぷり眠って、スクスク育っているのだろう。

蓮君の顔は自慢げで誇らしげで、茜をトロフィーのように掲げていた。

瞬きをした瞬間に、カシャリと目の前の光景が入れ替わる。

見慣れた寝室で布団に横になって、蓮君は絵本を広げていた。隣で横になる茜は、一歳を過ぎたくらいだろうか。

だあ、とかばあとか声を上げ、手足をばたつかせる茜には、絵本の内容はまだ理解できないだろう。それでも蓮君は、私の作った絵本を読み上げていく。

「ウサギのモモ

『あしたは、おやこえんそくのひです。おとうさんか、おかあさんといっしょに、おべんとうをもって、おやまへいきますよ』

ようちえんのせんせいがそういうと、みんなは『はーい』とてをあげました。

モモにはおかあさんがいません。モモがうまれたときにてんごくへいってしまったのです。

だからえんそくも、おとうさんかおかあさんかなんて、なやむひつようはありません。おとうさんしか、いないのですから。

よくあさ、おとうさんはふたりぶんのおべんとうをつくってくれました。

モモのだいすきなたまごやきも、にんじんのサラダもはいっています。

モモはうれしくて、おとうさんとてをつないで、しゅうごうばしょへいきました。

あつまったみんなをみて、モモのむねはゆきでもつもったようにひんやりしました。みんな、おかあさんといっしょにきていたのです。

モモだけおとうさん。みんなのおかあさんをみていると、モモはだんだんかなしくなってきました。

おかあさんって、あったかそう。やわらかそう。おけしょうしてて、おしゃれしててきれいだな。おとうさんはくちべにぬれないもの。

おべんとうのじかんになっても、モモのこころはしぼんだふうせんのようでした。

みんなのおかあさんのつくったおべんとうは、とてもきれいでおいしそうです。

クマのララちゃんのおかあさんは、オムライスでララちゃんのかおをつくっていました。

キツネのユウくんのおべんとうは、サンドイッチで、おはながさいているみたいなみためです。

だいすきなおとうさんのたまごやきが、なんだかつまらないものにおもえて、モモはおべんとうをのこしてしまいました。

おやまをおりながら、モモはずっとこころでつぶやいていました。

おかあさんがよかった。おかあさんがよかった。

とうとうモモは、こえにだしていっていました。

『おかあさんのほうがよかった』

おとうさんはかなしいかおをしました。

おとうさんはいらないといったのと、おなじことだったからです。

モモはおとうさんをおいて、はしりだしました。

いけないことをいったと、じぶんでもわかっていました。

きがつくとモモは、おうちのちかくののはらにいました。そこにはいつも、きれいなおはながさいています。

モモがタンポポをつもうとすると、こえがしました。

『げんき？』

モモはびっくりしました。おはながしゃべったのです。

『げんきじゃないよ。おとうさんをかなしませちゃった』

スミレにさわると、またこえがしました。

『どうして』

『みんなのおかあさんがうらやましくなったの。おかあさんのほうがよかったって、いっちゃった』

ナズナにさわると、こういいます。

『おとうさん、だいすき』

モモはなきそうになりました。モモだってほんとうは、そういいたかったのです。

またちがうタンポポにさわると、こういいました。

『おかあさんは、いつもそばにいるよ』

あっとモモはきがつきました。モモのおかあさんはおはなになったのです。このおはなみんな、おかあさんなのです。

おべんとうがつくれなくても、いっしょにおやまにいけなくても、おかあさんはいつもそばにいてくれるのです。

『おとうさんにごめんなさいをいわないと』

モモはたちあがりました。のはらのおはなたちに『またね』というと、『またね』というこえがきこえたきがしました」

絵本を読み終わる前に、茜はスウスウと寝息を立てていた。蓮君は本を閉じると、茜に布団を掛け直して、そっとその頭を撫でた。

また場面が切り替わる。

家の近くの空き地で、歩けるようになった茜が遊んでいる。まだたどたどしい歩き方で、時々ペタンと尻もちをつきながら、それでも蓮君を追いかけて歩いていく。

ふいに茜が、タンポポに手を伸ばす。茎に触れたまま首を傾げ、「パ……」と声を出す。

「どうした？　茜」

かがみこんだ蓮君を見上げ、茜ははっきりと言った。

「パパ！」

蓮君の顔が固まって、やがてゆっくりと笑顔になる。

「パパ」

もう一度繰り返した茜を、蓮君はぎゅっと抱きしめた。

「そうだよ、パパだよ。ママに教えてもらったのか？」

蓮君にはお見通しだった。

一年目に蒔く種の袋だけは、絵美ちゃんに指定しておいたのだ。中の種には全て、『パパ』の言葉を閉じこめてある。

空き地の花に次々と触れて、茜はキャアキャアと笑い声を上げた。

「パパパパパパパパ」

「多すぎだ」

蓮君もお腹を抱えて笑っている。

次の場面では、茜はずいぶん背が伸びていた。

さっきと同じ空き地にいて、群れて咲くコスモスに話しかけていた。

「みおちゃんがね、お母さんの話ばっかりしてくるの。じまんするみたいに」

コスモスの花に触れた茜は、うんうんとうなずいている。

「そうだけど、うち、お母さんいないって知ってるのに」

他のコスモスの花に手を伸ばして、茜は考えるような顔になる。

「そうだね。みおちゃんのお父さん、仕事であんまり家に帰って来れないんだって。私がお父さんの話したのがうらやましかったのかも」

種にはランダムに、色んな言葉を詰めてある。これくらい小さなうちならば、会話になっていると信じてくれるだろう。

悩んだ時、辛い時、花にこめた言葉が茜の救いになってくれますように。

種には、みんなへのメッセージもこめてある。それが伝わるかどうかは、運次第だ。

「かずしへ。奥さんの誕生日忘れないでね」

シオンの花に触れた茜が、そのメッセージを復唱する。和志にまでちゃんと、届くだろうか。

場面が変わる。見覚えのある校門の前。

スーツ姿の蓮君と、白いワンピースに黒い上着を羽織って、ピンク色のランドセルを背負った茜が、お父さんに写真を撮ってもらっているところだった。

『入学おめでとう』

つぶやいた声は、ピュルピュルピュルピュルという鳴き声になる。

シャッター音と共に見ている景色がそのまま写真に焼きつけられていた。

蓮君がプリントした写真をハサミで半分に切っている。私の写真も半分に切って、二枚を合わせると親子三人の入学式の写真が完成した。

写真をアルバムに納めた蓮君が、私の書いたメッセージをその下に貼りつけて、そっと写真を撫でる。

『大きくなったね』

そうつぶやきながら、そっと蓮君の肩に乗る。

気配を感じたのか、蓮君が振り返った。

「ひばり？」

一瞬私達の視線が絡み合って、次の瞬間自分の意識が引き戻されていくのを感じた。


気がついた時にはまた、機械音の響く分娩台の上にいた。

「いきんでいきんで、ほら頑張って」

助産師さんの声が響き、体の熱さと痛みとが一度に戻って来る。

蓮君の手をギュッと握る。今見て来たことを伝えたいのに、うめき声しか出てこない。

大丈夫よ、蓮君。あなたは、立派に父親をやっていた。

見られるはずのなかった未来が見えたのは、神様からのご褒美だろうか。

もしかしたらお母さんも同じように、私の成長する姿を見たのかもしれない。

痛くて苦しくて、声を上げる。助産師さんの言うとおりに、体に力をこめる。

生まれておいで。茜。

意識が遠のきかけた時、分娩室に泣き声が響いた。鼓膜を震わせる元気な泣き声だった。
（やりとげた……）
砂時計の最後の砂が落ちるのが、見えた気がした。
さようなら、絵美ちゃん。
さようなら、和志。
さようなら、おじいちゃん、おばあちゃん。
さようなら、お父さん。
助産師さんが赤ちゃんをタオルにくるんで、私の腕に抱かせてくれる。
小さくて温かくて柔らかくて、懸命に生きている命だった。
愛しくてたまらない、私の娘。
だけどもう、私に時間は残されていない。
「お願い、蓮君」
蓮君が茜を抱き上げる。私を見つめて、しっかりとうなずく。
「さようなら、蓮君」
さようなら、茜。
あなたの歩いた後に、たくさんの花が咲きますように。

参考文献一覧

記録写真養蚕のいま　長谷部晃　（新風舎）
何てったって、虫が好き！（きみだけの生きかた）　澤口たまみ　（大日本図書）
遠野のザシキワラシとオシラサマ　佐々木喜善　（宝文館出版）
新校本宮沢賢治全集第九巻　宮沢賢治　（筑摩書房）
一握の砂　石川啄木　近藤典彦編　（桜出版）

この作品は書き下ろしです。

双葉文庫

い-61-02

やがて飛《と》び立《た》つその日《ひ》には

2022年5月15日　第1刷発行

【著者】
石野《いしの》晶《あきら》

【発行者】
箕浦克史
【発行所】
株式会社双葉社
〒162-8540 東京都新宿区東五軒町3番28号
［電話］03-5261-4818(営業部)　03-5261-4833(編集部)
www.futabasha.co.jp(双葉社の書籍・コミックが買えます)
【印刷所】
中央精版印刷株式会社
【製本所】
中央精版印刷株式会社

【フォーマット・デザイン】
日下潤一

ISBN978-4-575-52571-7 C0193
Printed in Japan

FUTABA BUNKO

時給三〇〇円の死神

The wage of Angel of Death is 300yen per hour.

藤まる

「それじゃあキミを死神として採用するね」ある日、高校生の佐倉真司は同級生の花森雪希から「死神」のアルバイトに誘われる。曰く「死神」の仕事とは、成仏できずにこの世に残る「死者」の未練を晴らし、あの世へと見送ることらしい。あまりに現実離れした話に、不審を抱く佐倉。しかし、「半年間勤め上げれば、どんな願いも叶えてもらえる」という話などを聞き、疑いながらも死神のアルバイトを始めることとなり——。死者たちが抱える切なすぎる未練、願いに涙が止まらない、感動の物語。

発行・株式会社　双葉社